MARIT BERNSON

Far from Home this Christmas

MARIT BERNSON

FAR FROM HOME This Christmas

Roman

Covergestaltung/Satz:
BENISA WERBUNG, Sabine Albrecht, www.benisa-werbung.de
Verwendete Bilder/Grafiken für Cover/Umschlag:
Paar: Juliana Brykova / shutterstock.com
New York Skyline: chuckstock / shutterstock.com
Wiese: freepik
Weihnachtsdeko: BiZkettE1 / freepik

Lektorat: MP-Korrektorat, mp.korrektorat@gmail.com

Marit Bernson
c/o autorenglück.de
Franz-Mehring-Str. 15
01237 Dresden

kontakt@marit-bernson.de
www.marit-bernson.de

Für Thomas, mit dem ich eines Tages
diese Reise machen werde.

- KAPITEL 1 -

Weihnachtsblues

Eine einzelne Schneeflocke schwebte vor meinem Auge und landete genau auf meiner Nase, wo sie sofort schmolz.

Na, toll! Was für ein denkwürdiger Augenblick. Es schneite nicht oft bereits Anfang Dezember. Das allein war ein Grund zur Freude. Dass sich dann auch noch eine Flocke genau in mein Gesicht verirrte, war einfach nur unglaublich. Ich hätte schnell die Zunge herausstrecken sollen, um sie damit aufzufangen.

Stattdessen stand ich ungerührt da und war genervt. Etwas, was meine Laune eigentlich verbessern sollte, hatte sie nun endgültig in den Keller befördert.

Unwirsch wischte ich den Tropfen mit dem Handschuh weg und schüttelte die Hand, als würde der

Tropfen dadurch weiter auf den Boden fallen. Dabei war er längst im Stoff versickert.

Anna hob den Kopf und blickte in den Himmel. Wir standen an einem Stehtisch an der Glühweinbude außerhalb des überdachten Bereichs. Um uns herum lachten Leute oder huschten durch die Budengassen des Weihnachtsmarktes.

Missmutig suchte ich nach weiteren Schneeflocken. Doch da waren keine mehr.

»Ich dachte schon, jetzt fängt es richtig an zu schneien«, sagte Anna. »War aber nur eine einzelne einsame Schneeflocke.«

»Und die muss ausgerechnet mich belästigen«, brummte ich.

Anna wandte sich wieder mir zu. »Was ist denn los? Du flippst doch sonst aus, sobald die erste Schneeflocke fällt. Eigentlich müsstest du doch jetzt nach Hause stürmen und den Schlitten herausholen.«

Ich warf meiner Freundin einen bösen Blick zu. Warum übertrieb sie immer so maßlos?

Sie seufzte und schaffte es nicht, mich ohne einen Hauch Mitleid anzusehen. »So schlimm?«

Ich kniff die Lippen zusammen und nickte. »Besonders jetzt, da bald Weihnachten ist. Es ist einfach komisch ohne ihn.«

»Der sitzt jetzt in seinem Kloster und verschwendet sicher keinen Gedanken an Weihnachten.« Sie nahm einen Schluck von ihrem Kakao mit Amarettoschuss.

Dabei wollte der heute einfach nicht richtig schmecken.

»Oder an mich«, ergänzte ich in die Pause hinein.

Anna widersprach nicht, sondern nickte. Genau die Bestätigung, die ich jetzt brauchte.

»Es ist ja nicht so, als wollte ich ihn wiederhaben«, erklärte ich. »Aber irgendwie scheint es in dieser Jahreszeit präsenter zu sein. Wir haben immer von besonderen Weihnachten geträumt. Und jetzt ist er einfach ohne mich abgehauen und genießt sein Aussteigerleben alleine. Oder jedenfalls ohne mich. Allein ist er bestimmt nicht. Vielleicht ist er gar nicht mehr im Kloster, sondern hat schon eine andere, während ich so bescheuert bin und mir Gedanken mache.«

»Bereust du es, nicht mit ihm gegangen zu sein?«

»Nein, auf keinen Fall. Ich kann mir das nicht vorstellen. Er hat davon gesprochen, sich nach seiner Seelenreinigung eine Hütte und ein paar Felder zu kaufen. Das reicht doch nicht, um bis zu unserem Lebensabend für uns zu sorgen. Er soll bloß dortbleiben. Es ist nur jetzt vor Weihnachten besonders schlimm. Meine Eltern wollen, dass ich die Feiertage bei ihnen verbringe. Ich weiß nicht, ob ich dem gewachsen bin. Meine Brüder, meine Großeltern – alle werden mich wie ein rohes Ei behandeln.« Ich kippte den letzten lauwarmen Schluck Amaretto-Kakao hinunter. »Am liebsten würde ich vorspulen bis nach Silvester.«

»Och, nö! Das klingt so trostlos. Deine Familie macht sich einfach nur Sorgen. Sie wollen sichergehen, dass es dir gutgeht. Das geht mir mit Luis auch so.«

»Luis?« Annas Bruder? War der nicht verlobt?

»Sina hat die Verlobung gelöst«, erzählte Anna, ohne dass ich laut fragen musste. »Luis sagt nicht, aus welchem Grund. Doch den presse ich schon noch aus ihm heraus. Jedenfalls haben meine Eltern ihren Trip nach Norwegen bereits gebucht und wollten, dass er mit ihnen kommt, damit er nicht so allein ist. Jetzt habe ich aber angeboten, ihn zu Mikes Eltern mitzunehmen.«

Oh, Mann! Das klang ja schlimmer als bei mir.

»Das muss hart sein, sich kurz vor Weihnachten zu trennen und dann die Feiertage bei den Eltern des Freundes der Schwester zu verbringen. Wie finden die das?«

»Für die ist das in Ordnung. Mikes vier Geschwister mit Familien und ich – da kommt es auf Luis auch nicht mehr an. Aber er zickt herum. Spricht davon, Weihnachten allein zu verbringen.«

»Das kann ich irgendwie verstehen. Ich hätte auch kein Problem damit, allein zu sein.«

»Ihr wollt euch doch Weihnachten nicht von euren Verflossenen verderben lassen«, rief Anna etwas zu laut. Die Köpfe einiger Umstehenden drehten sich zu uns.

Ich versuchte beharrlich, das zu ignorieren.

»Du meinst, ein bisschen Liebeskummer ist nicht so tragisch?«, knurrte ich.

»Bald ist Weihnachten. Nichts sollte einem die Stimmung verderben.«

Anna hatte leicht reden. Sie und Mike waren seit drei Jahren zusammen. Ich würde wetten, dass nun *ihre* Hochzeit die nächste sein würde. Vielleicht nicht nächstes Jahr, aber bestimmt übernächstes. Deswegen hing für sie der Himmel voller Geigen, auch wenn er so grau wie jetzt war und einzelne Schneeflocken auf meine Nasenspitze beförderte.

»Ich brauche etwas Härteres«, sagte ich und hob meinen leeren Becher. »Willst du auch einen Grog?«

***

In den nächsten Tagen verkroch ich mich zu Hause. Die Vorweihnachtszeit hatte gerade erst begonnen. Es waren noch mehr als drei Wochen bis Heiligabend. Eine halbe Ewigkeit.

Auf keinen Fall würde ich mich noch einmal von Anna zu einem Weihnachtsmarktbesuch überreden lassen. Ich hatte schon vorher meine Zweifel gehabt, dass es das Richtige für mich war. Aber dieses traurige Gefühl die ganze Zeit über, obwohl um mich herum die Menschen fröhlich feierten, mit leuchtenden Gesichtern an den Buden vorbeischlenderten, Kinder mit funkelnden Augen Karussell fuhren, hatte mir gezeigt, dass ich noch nicht so weit war.

Nico, mein bescheuerter Ex, konnte mir ernsthaft gestohlen bleiben. Es war nicht so, dass ich ihn zurück wollte. Nein, ich hatte nur diese dumme Leere in mir. Dass etwas mit der Beziehung nicht gestimmt haben konnte, wurde mir spätestens bewusst, als er mir verkündete, in ein buddhistisches Kloster zu ziehen, um seine Seele zu reinigen. Er wusste genau, dass ich nicht mitgehen würde. Es war bequem für ihn gewesen, mich zu bitten, ihn zu begleiten, um dann mir die Entscheidung aufzubürden, die Beziehung zu beenden. Geradezu typisch für ihn. Er konnte sich nie für etwas entscheiden – den Film oder einen anderen, das griechische Restaurant oder der Italiener, wir für immer oder eben nicht.

Anderthalb Jahre ging das so, und ich konnte jetzt nicht einmal behaupten, dass wir noch zusammen wären, wenn er nicht gegangen wäre.

Doch zu gern hätte ich mit jemandem die Vorweihnachtszeit genossen. Es war etwas, was Nico und mich verbunden hatte. Wir waren vor zwei Jahren im November zusammen gekommen und schwebten bis in den Januar auf Wolken. Er teilte meine Liebe für weihnachtliche Aktivitäten und ließ nichts mit mir aus. Das war es wohl, was uns über die Monate danach rettete, bis wieder Dezember war. Diese Vorweihnachtszeit empfand ich schon als nicht mehr so unbeschwert, weil ich in dem Jahr davor deutlich zu spüren bekommen hatte, was Alltag mit Nico bedeutete: Eine einsame Entscheidung nach der anderen ohne seine Hilfe.

Danach gab es nur eine Richtung für unsere Beziehung, und die war abwärts.

Nein, ich wollte ihn auf keinen Fall zurück. Ich wollte nur das, was ich vor zwei Jahren hatte. Wie realistisch war das?

- KAPITEL 2 -

Überraschung

Bestimmt hatte ich zu viel an ihn gedacht, unterbewusst ein Lebenszeichen von ihm herbeigewünscht – irgend so etwas in der Art. Der zweite Advent war vorbei – nur noch zwei quälende vor mir – dann bekam ich eine Mail.

Eigentlich ging ich davon aus, dass er sämtlicher Technik abschwor, auch wenn er das nicht gesagt und ich nicht danach gefragt hatte. Jedenfalls schien er doch weiterhin Kontakt in die weite Welt zu haben. Denn er leitete mir eine Mail weiter. Sie war von einem Reisebüro, das allein verwirrte mich schon. Hatte er sich besonnen und wollte mich bitten, es mir anders zu überlegen?

Was für eine naive Vorstellung meinerseits!

Er schrieb Folgendes dazu.

Hallo Ella!
Hier sind Reiseunterlagen für einen Trip, den ich im April gebucht habe. Hab ich ganz vergessen. Ist nicht stornierbar. Nimm Anna mit und macht euch ein paar schöne Tage in New York. Merry Christmas!
Nico

Wenn nicht *Nico* darunter gestanden hätte – ich wollte wetten, dass diese Mail auf keinen Fall von ihm war. Ich las sie noch einmal, klickte auf die Anlagen – tatsächlich, das waren Buchungsbestätigungen. Hotel, Shows, Führungen, Touren. In New York. Vom 17. Dezember bis zum 27. Dezember. Ein Weihnachtstrip. Das, wovon wir beide geträumt hatten. Es war ein absoluter Traumurlaub.

Ich schloss die Mail. Auf keinen Fall würde ich fahren! Nico hatte sie bezahlt – das konnte ich unmöglich annehmen. Nur weil er meinte, kein Geld mehr zu brauchen, weil ihn das unglücklich machen würde, musste ich nicht einfach so auf seine Kosten wegfliegen. Ein bisschen Stolz hatte ich auch noch.

Aber es dauerte nur eine Stunde, und ich wählte die Nummer des angegebenen Reisebüros. Ich musste wissen, ob das echt war.

Als ich wieder auflegte, tobte ein Kampf in mir. Nico würde die Reise verfallen lassen. Daran bestand kein Zweifel. Der nette Herr am Telefon bestätigte mir, dass alles bezahlt war. Ich musste nur noch zugreifen.

Wieso war der Gedanke so verführerisch?

New York zu Weihnachten! Der Hammer! Ich würde natürlich allein fliegen – wenn überhaupt.

Nein, ich konnte so einen Trip nicht allein machen.

Anna fragte dreimal nach, ob sie sich verhört hätte, als ich anrief, um es ihr zu erzählen. Ich redete mich richtig in Rage. Wie konnte Nico mich in so eine Situation bringen? Hätte er die Reise doch einfach verfallen lassen!

»Er hat bereits auf unsere Namen umgebucht«, schimpfte ich. »Er geht einfach davon aus, dass wir fliegen.«

»Der spinnt doch«, sagte Anna schließlich. Eine sehr gelungene Zusammenfassung der Situation. »Die Reise hätte er doch längst stornieren können.«

»Das passt zu seinem neuen Ich: Von allem Weltlichen lösen wie zum Beispiel dem schnöden Geld und dafür großzügig zu anderen sein.«

»Meinst du, er will nur sein schlechtes Gewissen damit beruhigen?«

»Wen interessiert`s? Ich kann das auf keinen Fall annehmen.«

Schweigen.

»Jetzt wäre der Zeitpunkt, mir zuzustimmen und weiter über Nico zu schimpfen«, sagte ich.

Seufzen.

»Du denkst doch nicht etwa, ich sollte annehmen?«, fragte ich.

»Eigentlich ist dieser Trip genau das, was du brauchst«, erklärte Anna. »Du hast mir neulich erst vorgejammert, wie wenig Lust du auf Weihnachten bei deinen Eltern hast und dass du lieber allein wärst.«

»Würdest du etwa mit mir fliegen?« Würde ich es dann tun?

»Nein, ich kann nicht.«

»Ich soll allein fliegen? Gegen traurige, einsame Weihnachten bei mir zu Hause hätte ich nichts. Aber allein in einer fremden Großstadt?«

»In New York! Erzähl noch mal, was alles dabei ist?«

»VIP-Tickets für das Rockefeller-Center, Lichtertour, Bootsfahrt, Showtickets – Mann! Es ist ein absoluter Weihnachtstraum.«

»Weißt du was? Luis fliegt mit dir.«

»Was? Welcher Luis? Dein Bruder?«

Anna kicherte. »Kennst du noch einen?«

»Ich soll mit deinem Bruder über Weihnachten nach New York fliegen? Willst du uns mal wieder verkuppeln?«

»Da war ich zwölf«, erwiderte sie.

»Ja, aber ich kann mich sehr gut daran erinnern. Und so weit ich mich entsinne, wolltest du das nur, damit wir beide fast wie echte Schwestern sind. Nicht, damit

Luis und ich glücklich werden.« Ich lachte jetzt auch. Es war nicht ganz ernst gemeint. Ich ahnte natürlich, warum sie das wirklich vorschlug.

»Es würde ihm echt guttun«, erklärte sie und bestätigte meine Vermutung. »Er meckert die ganze Zeit herum und besteht darauf, mich nicht zu Mikes Eltern zu begleiten.«

»Da hat er stattdessen bestimmt große Lust, mit mir nach New York zu fliegen.«

»Ich verkaufe ihm das schon richtig. Vorher muss ich nur wissen, ob du fliegen würdest, wenn er mitkommt. Es wäre, als würdest du mit deinem großen Bruder verreisen.«

Na ja! Eigentlich nicht. Er war *ihr* Bruder.

Würde ich fliegen, wenn er mitkam?

Keine Ahnung! Bis eben hatte ich vehement ausgeschlossen, etwas von Nico anzunehmen, auch wenn ein Teil von mir gar nicht daran denken wollte, dass diese wundervolle Reise ohne mich stattfinden würde. Zwei leere Plätze in den Bussen, zwei leere Sessel in den Shows, ein leerer Tisch auf dem Boot.

»Ich kann das nicht verfallen lassen«, sagte ich, bevor ich es bewusst dachte.

»Na, also! Ich frage Luis, und melde mich wieder bei dir.«

Doch es war Luis selbst, der mich etwa eine Stunde später anrief. Sobald ich seine Stimme hörte, begann mein Herz zu hämmern. Merkwürdiger Gedanke, mit jemandem zu verreisen, den man seit Jahren kannte und doch nicht richtig kannte.

»Hey«, sagte er. »Ich musste jetzt erst mal darüber nachdenken. Eigentlich bin ich immer noch unschlüssig. Sollen wir uns auf einen Kaffee treffen, um alles zu besprechen?«

»Äh, hat Anna dir alles erzählt?«

»Ja, oder hat sie sich einen Spaß erlaubt? Sie sagte, du suchst einen Begleiter für New York. Doppelbett und zu Extras bereit.« Er lachte, was mein Herzklopfen aber keineswegs dämpfte.

Wir hatten in all den Jahren natürlich öfter mal ein Wort miteinander gewechselt, Begrüßungen, kurze Floskeln. Aber irgendwie hatte ich immer Hemmungen in seiner Gegenwart gehabt. Das fiel mir jetzt erst wieder ein. Wenn er mich direkt ansprach, wusste ich oft nicht, was ich erwidern sollte, und beließ es bei kurzen Bemerkungen. Deswegen war es nun ein noch merkwürdigerer Gedanke, mit ihm wegzufliegen. Allein, zu zweit. Hätten wir uns etwas zu sagen?

»Kaffee ist keine schlechte Idee«, sagte ich. »Dann kann ich herausfinden, ob wir uns miteinander unterhalten können. Über das Doppelbett reden wir auch noch mal.«

»Und die Extras? Nein, ich mache nur Spaß, um die Situation etwas aufzulockern.«

»Für eine Auflockerung wäre Glühwein vielleicht sowieso passender.«

»Gute Idee. Dann bringen wir uns auf dem Weihnachtsmarkt in Stimmung?«

»Und machen uns locker. Man verreist ja nicht alle Tage mit einem …« Fremden lag mir auf der Zunge, aber das stimmte ja nicht. Wir waren uns nicht fremd. Nicht so richtig. Eine Zeitlang hatte ich für ihn geschwärmt. Das war allerdings lange, nachdem uns Anna verkuppeln wollte. Er hatte es garantiert nicht mitbekommen, weil ich in dieser Zeit nicht einmal ein Wort der Begrüßung ihm gegenüber herausbekam. Aber ich erinnerte mich an das Gefühl, das ich gehabt hatte, wenn ich ihm begegnet war.

»Wolltest du Fremder sagen?«, fragte Luis. »Das trifft es nicht.«

»Ja, deshalb überlege ich noch.«

Er lachte wieder. »Ich weiß, glaube ich, was du meinst. Aber wir besprechen alles bei einem Punsch, okay?«

- KAPITEL 3 -

Rille und Lulu

So schnell war es also gegangen. Dachte ich zuvor noch, ich hätte genug vom Weihnachtsmarkt, war ich es gewesen, die denselben als Treffpunkt vorgeschlagen hatte. Und darüber war ich froh.

Ich war nämlich nervöser, als ich vorher gedacht hatte. An einem Stehtisch bei der Punschbude würde es nicht so auffallen, wenn ich hibbelig von einem Bein auf das andere trat, um irgendwie Ruhe in mein Inneres zu bekommen.

Was für eine verrückte Situation! Ein Teil von mir wünschte sich, die Entscheidung nicht treffen zu müssen, aus Angst, sie irgendwann so oder so zu bereuen.

Ein anderer Teil sah mich schon die Arme aus dem offenen Dach eines Taxis strecken und durch das weihnachtliche New York fahren, vorbei an Weihnachtslichtern und geschmückten Schaufenstern.

Ich wusste nicht, was mich mit Luis erwartete. Am Telefon hatte er fröhlich geklungen. Aber laut Anna ging es ihm angeblich nicht so gut. Hoffentlich würde ich das rechtzeitig mitkriegen. Mit einem Miesepeter, der mir den Trip verderben würde, hielte ich es nicht aus.

Doch er lächelte mir zu Begrüßung zu, wie er es schon immer getan hatte.

»Hey, Rille«, sagte er.

Ich verzog das Gesicht. »So nennt mich schon lange niemand mehr.«

Er runzelte die Stirn. »Bist du sicher?«

»Ja, ich habe mit sechzehn alle meine Freunde gebeten, mich Ella zu nennen.« Rille war ein Überbleibsel aus dem Kindergarten gewesen. Seit dieser Zeit kannten Anna und ich uns. Sie hatte Probleme mit meinem vollen Namen *Mariella* gehabt. Heraus kam Rille, bis ich dreizehn Jahre später beschloss, dass mir der Spitzname nicht gefiel.

»Ella«, wiederholte er, und mir wurde bewusst, dass er das wirklich zum ersten Mal sagte. Er war drei Jahre älter als Anna, sodass ich ihn nur sporadisch gesehen hatte, seit meiner Spitznamensänderung.

»Luis«, erwiderte ich gedehnt, und er lächelte mich an.

Obwohl ich nicht mehr in ihn verknallt war, konnte ich in diesem Moment nachvollziehen, was mir einst gefallen hatte. Er hatte graue Augen wie Anna, mit einem Ring Gelb in der Mitte, der sie manchmal grün oder blau erscheinen ließ, wenn die Pupille klein war. Nicht dass ich das bei Luis je von Nahem gesehen hatte. Nein, Anna und ich hatten unsere Augenfarben über die Jahre eingehend analysiert: Meine waren dunkelblau ohne irgendeinen Schnickschnack, ihre graublau oder blau oder türkis. Grau mit einem gelben Ring um die Pupille war das Ergebnis jahrelanger Forschung, und Luis Augen wirkten genauso. Nur dass sie mich bei ihm mehr faszinierten als bei meiner Freundin. Er hatte schöne weiße Zähne und eine gerade Nase. Die Ähnlichkeit zu Anna war unverkennbar. Ob das meine Zuneigung zu ihm beeinflusst hatte?

Allerdings waren seine Haare dunkelblond, Annas strohblond. Und er war einiges größer, mit breiten Schultern … Ich sollte ihn definitiv nicht so anstarren.

»Was willst du trinken?«, fragte er.

»Ich beginne mit einem Kakao mit Schuss«, erwiderte ich und besetzte einen Stehtisch.

Wenige Minuten später standen wir einander gegenüber, und ich trat tatsächlich nervös von einem Fuß auf den anderen und hatte keine Ahnung, wie ich dieses Gespräch beginnen sollte.

Doch Luis nahm es mir ab.

»Ich will ehrlich sein«, begann er. »Es ist nicht gerade meine Traumvorstellung, mal eben über Weihnachten nach New York zu fliegen mit jemandem … einer

Freundin meiner Schwester. Sie versucht ständig, mich mit einer zu verkuppeln.«

»Sie hat mir versprochen, dass sie das diesmal nicht dabei im Sinn hatte.« Ich zwinkerte und war froh, dass mir das so locker über die Lippen kam. Inzwischen hatte ich den Eindruck, dass ich mich in seiner Gegenwart wohl fühlen würde in New York. Es war natürlich immer noch etwas komisch. Doch schon jetzt nach einigen Minuten wusste ich, dass ich gerne mit ihm die Reise antreten würde.

»Diesmal?« Luis runzelte die Stirn.

Mist! Er wusste doch gar nichts davon.

Flucht nach vorne?

»Als ich zwölf war, wollte sie uns zusammenbringen, damit ich wie eine Schwester für sie bin. Reiner Eigennutz für sie.« Ich schaute ihm direkt in die Augen, bis er den Blick senkte, um einen Schluck aus seiner Tasse zu nehmen.

»Typisch!«, murmelte er dann. »So lange probiert sie die Nummer also schon.« Er schüttelte den Kopf und grinste, bevor er mich wieder ansah. »Jedenfalls ist die Vorstellung, mehrere Tage bei einer fremden Familie zu verbringen, auch nicht sehr verlockend. Ich bin dort völlig überflüssig.« Er rieb sich über das Kinn. »Du weißt sicher, was ich meine. Anna hat erzählt, dass dein Freund … dein Ex-Freund … wie es zu der Reise kam.«

Ich nickte und verzog den Mund.

»Er hat hier alles zurückgelassen, um in ein Kloster zu gehen und sich selbst zu finden. Davor hat er mal eben diese Wahnsinns-Reise gebucht und es vergessen.«

»Ja, so ungefähr hatte ich das auch verstanden. Meine Verlobung hat sich erledigt, weshalb ich Weihnachten allein wäre. Ich würde vorschlagen, dass es das mit diesem Thema war. Kein Wort über unsere Exen.«

Ich hob meinen Becher und stieß ihn leicht an seinen. »Abgemacht. Aber Anna wird enttäuscht sein. Ich sollte dich nämlich aushorchen wegen der Trennung.«

»Und das verrätst du mir?«

»Das gehört zu meinem Plan, es doch noch herauszufinden. Ich täusche Desinteresse vor.«

Er wurde plötzlich ernst. »Das ist echt kein Thema, das man vertiefen sollte.«

»Ich mache nur Spaß. Kein Wort über Verflossene. Es sei denn, es sind Zeiten.«

Sein Gesicht hellte sich wieder auf. »Stimmt. Über alte Zeiten können wir reden. Ich hätte da einige Sachen zum Aufarbeiten.«

»Was? Zum Beispiel?«

»Nicht jetzt. Wir haben genug Zeit in New York, Rille.«

»Ella.«

»Entschuldige! Ella. Eigentlich schade. Mir gefiel Rille.«

Aber mir nicht. »Ella«, bekräftigte ich noch einmal.

»Dann sagst du aber Luis zu mir.«

»Nicht Lulu?« Ich lachte. Es war der Spitzname, den Anna für ihn hatte, weil sie früher seinen Namen nicht richtig aussprechen konnte. Nur Anna durfte ihn noch so nennen. Und das wusste ich natürlich genau.

»Rille und Lulu.« Er schlug sich die Hand an die Stirn.

»Rille und Lulu in New York«, ergänzte ich.

»Ella und Luis in New York klingt nach einem Gangsterfilm.«

»Wenn du meinst. Eigentlich dachte ich an einen Weihnachtsfilm.« Ich kramte in meiner Tasche nach den Reiseunterlagen. »Willst du mal sehen?«

»Anna hat es mir bereits angepriesen. Ich war schon zu achtzig Prozent dafür, als ich gehört habe, dass es eine Möglichkeit gibt, Weihnachten nicht mit Mikes Familie verbringen zu müssen. Das klingt gemein, ich weiß. Ich kenne die Leute ja gar nicht. Ach, du weißt, was ich meine.« Er nahm die Mappe, in die ich alles fein säuberlich einsortiert hatte, und blätterte sie kurz durch. »Das volle Weihnachtsprogramm.«

»Ja, das hatte ich mir immer gewünscht.«

Er musterte mich. »Willst du nicht lieber warten, bis du mit jemandem deinen Traum leben kannst, der dir etwas bedeutet?«

Ich schnaubte. »Dann wird das vielleicht nie etwas.«

- KAPITEL 4 -

Auf nach New York!

Unglaublich! Ich flog tatsächlich nach New York. Mit Luis. Es blieben nur wenige Tage zur Vorbereitung. Aber meine Laune besserte sich mit jedem einzelnen davon.

Anna begleitete mich noch auf eine Shoppingtour, weil ich unbedingt neue Stiefel und zwei neue Winterjacken kaufen wollte. New York sollte mich von meiner besten Seite sehen so wie ich die Stadt.

Anna freute sich riesig.

»Meine beste Freundin und mein Bruder«, sagte sie. »Eben noch unglücklich, bald zusammen in New York unter dem großen Weihnachtsbaum.«

Sie war so süß! Dass es Luis und mir auf diese Weise besser ging, sorgte dafür, dass auch sie sich gut fühlte.

»Jetzt können wir alle unbeschwerte Weihnachten verbringen«, setzte sie hinzu, bevor sie mir eine pinkfarbene Daunenjacke reichte. Offenbar waren ihre Sinne vor Glück vernebelt.

Ich rümpfte die Nase, und sie kicherte, als sie die Jacke zurückhängte und nach einer dunkelgrünen griff.

»Weißt du inzwischen, warum Luis und seine Verlobte Schluss gemacht haben?«, fragte ich so beiläufig wie möglich. Ich wollte Anna nicht auf falsche Gedanken bringen. Auf die würde sie aber zweifellos kommen, wenn ich sie zu viel über Luis ausfragte.

Sie schnaubte. »Er ist so stur und weigert sich, uns das zu sagen. Nicht einmal unsere Eltern wissen Bescheid.«

»Vielleicht ist es ja auch noch gar nicht richtig aus.«

Anna kniff die Augen zusammen und musterte mich genau. »Hat er dir etwas erzählt? Neulich beim Glühweintrinken?«

»Nein.«

»Eine Andeutung?«

»Auch nicht. Aber ich könnte mir vorstellen, dass er eventuell nichts erzählen will, weil er noch nicht mit ihr abgeschlossen hat. Wenn es ihre Schuld war, würdet ihr schlecht über sie denken, und ein Neuanfang wäre schwieriger. War es seine Schuld, hat er vielleicht Angst vor Vorwürfen.«

Anna nickte und kaute dabei auf der rechten Seite ihrer Unterlippe. Eine Geste, die ich zu gut kannte. Sie dachte angestrengt nach.

»Ja, so verdreht zu denken, würde zu ihm passen«, sagte sie dann. »Wenn du etwas erfährst, erzählst du es mir aber! Ich werde es nicht weitertratschen.«

»Als ob er mit mir über seine Beziehung sprechen würde.«

»Immerhin seid ihr ein paar Tage unter euch. Es wäre nur natürlich, wenn ihr dabei tiefschürfende Gespräche führt. Dafür ist Luis bekannt.«

Ich runzelte die Stirn. War das ihr Ernst?

Sie lachte. »Das war Spaß. Luis ist der verschlossenste Mensch, den ich kenne. Keine Angst, er wird sich nicht bei dir ausweinen. Ich wette, ihr habt wichtigere Dinge, über die ihr sprechen könnt. Oder besser gesagt schönere. Ihr werdet viel Zeit dafür haben.« Ihre Augen begannen zu leuchten. »Der Weihnachtsbaum am Rockefeller Center, die ganzen Lichter, die Geschäfte, der Central Park – ich habe nachgesehen, es liegt schon Schnee in New York.« Sie blickte sich suchend um und eilte zu einem Ständer mit Handschuhen. »Nicht vergessen.« Sie reichte mir ein Paar dunkelgraue Fäustlinge. »Einige schicke Mützen solltest du auch mitnehmen.«

Ich wollte etwas erwidern. Für meinen Geschmack waren wir etwas zu schnell von dem Thema abgekommen, wie verschlossen Luis war. Dabei hätte ich gern etwas mehr über ihn erfahren. In den letzten Jahren hatte ich ihn einige wenige Male gesehen. Anna sprach immer nur nebenbei über ihn.

Doch sie hatte eben gemeint, ich würde viel Zeit mit ihm verbringen. Natürlich war mir das klar. Dennoch war der Gedanke daran gerade eben ein kleines bisschen aufregender geworden. Denn ich würde viele wunderschöne Dinge mit Luis erleben. Als eine Art Zweckgemeinschaft zwar, aber zusammen. Das würde uns für immer verbinden. Oder? Wie ginge es danach weiter? Wäre ich dann sowohl mit Anna als auch mit Luis befreundet?

Bei diesen Gedanken fuhr ein unbestimmtes Gefühl durch meinen Bauch.

Wahnsinn, was jetzt direkt vor mir lag!

Zehn Tage New York. Eigentlich war es fast egal, mit wem ich diese Zeit dort verbrachte. Aber eben nur fast.

***

Voll bepackt stand ich am Terminal und wartete auf Luis.

Er kam angeschlendert, mit nur zwei Koffern. Ich hatte es mit meinen vier Koffern natürlich übertrieben. Aber lieber bezahlte ich den Gepäckzuschlag, als mich darüber zu ärgern, etwas vergessen zu haben.

»Wanderst du aus?«, fragte er mit Blick auf mein Übergepäck.

»Das sind alles Schuhe«, behauptete ich, um ein weiteres Gespräch über das Thema zu vermeiden.

Luis grinste und beließ es tatsächlich dabei.

Während wir anstanden, um einzuchecken, plauderten wir über einige Dinge – das Wetter in New York, worauf wir uns besonders freuten. Hin und wieder wusste ich nicht genau, wie er etwas meinte, wenn er scherzte, aber trotzdem entspannte ich mich langsam. Es wirkte, als würde er mich wie eine Schwester behandeln. Nett, aber auch mal mit einem Spruch auf den Lippen, der mich aufziehen sollte. Doch damit kam ich klar. Das würden tolle Tage in New York werden.

***

Zwölf Flugstunden später schaute ich fasziniert aus dem kleinen Fenster des Flugzeugs. Unter uns lag New York.

»War das dein Kindheitstraum?«, fragte Luis neben mir.

Erst dachte ich, er wollte sich darüber lustig machen. Aber in seinem Ton lag kein Spott. Er schien die Frage ernst zu meinen.

»Nein, alles an diesem Traum ist völlig erwachsen«, erwiderte ich. »Das romantische Schlittschuhfahren, die Suite für Verliebte …« Ich stockte, als mir klar wurde, was ich da redete. Es war etwas, was ich zu Anna sagen würde. Sie hätte gelacht und mit einer anzüglichen Bemerkung geantwortet.

Aber gegenüber Luis wirkte es, als würde ich ihn anmachen.

»Nein, du hast recht«, setzte ich schnell hinzu. »Jetzt ist es die Kinderversion geworden. Getrennte Zimmer und so.«

Er lachte. »Aber das Schlittschuhfahren hast du nicht gestrichen.«

Ich schüttelte langsam den Kopf, während mir ein bisschen heiß wurde unter seinem Blick.

- KAPITEL 5 -

New York, New York

Wir fuhren im Taxi zum Hotel, und ich klebte fast an der Scheibe, um auf keinen Fall etwas zu verpassen. Es lag Schnee. Überall. Auf den Straßen war er natürlich beiseite geräumt worden, aber er war da, sichtbar.

»Genauso hatte ich es mir vorgestellt«, sagte ich jetzt zum dritten Mal.

Wieder reagierte Luis kaum. Als ich mich zu ihm drehte, sah er zwar auch an mir vorbei aus meinem Fenster, wirkte aber bei Weitem nicht so euphorisch wie ich.

»Ein bisschen mehr Begeisterung bitte!«, brummte ich und wandte meinen Blick wieder der Stadt zu.

Luis kreischte auf, und ich zuckte zusammen. Ein richtiges Kreischen war es nicht. Es klang eher, als würde er mich nachäffen.

Böse drehte ich mich zu ihm.

Er pochte mit dem Finger an die Scheibe. »Da war ein Schnellimbiss«, erklärte er, grinste und nickte, als sei er nicht ganz dicht.

Ich drehte mich weg und beschloss, den Anblick allein zu genießen.

»Noch ein Imbiss, noch ein Imbiss«, ertönte es in meinem Rücken.

»Schnee«, hielt ich dagegen.

»Ein verschneiter Pizzaladen«, war die Antwort.

Ich seufzte, als sein Kopf neben mir auftauchte.

»Deine Seite ist viel schöner«, sagte Luis übertrieben.

»Du bist so ein …«

»Arsch? Das sagt Anna auch immer.«

»Warum wohl?«

»Ich mache doch nur Spaß. Aber wenn du jetzt schon so ausflippst, wie soll das in den nächsten Tagen werden? Brichst du in Tränen aus, wenn du den großen Weihnachtsbaum am Rockefeller Center siehst?«

»Möglich«, erwiderte ich etwas zickig.

Er lachte. »Du bist echt wie Anna. So begeisterungsfähig.«

»Es gibt wohl nichts, was dich beeindruckt, oder?« Es klang schärfer, als ich es beabsichtigt hatte, aber Luis wirkte nicht böse oder genervt. Er schien ernsthaft nachzudenken. Was er dicht neben meinem Gesicht tat, weil er sich immer noch weit auf meine Seite gebeugt hatte.

Seine Nase war lang und gerade, der Mund geschwungen, ein schönes Profil.

Schnell ließ ich mich in meinen Sitz zurückfallen, um wenigstens ein bisschen Abstand zwischen uns zu bringen. Ich sollte solche Gedanken gar nicht erst aufkommen lassen. Es war lange her, dass ich in ihn verknallt gewesen war. Eine Schwärmerei, die gefühlsmäßig nicht einmal ansatzweise an das herankam, was ich und Nico miteinander gehabt hatten.

»Ich weine nur, wenn *du* mal nicht weinst, okay?«, sagte er jetzt und blickte mich direkt an. Er lächelte dabei so verschmitzt, dass ich zurücklächeln musste.

»Dann wirst du vielleicht keine Gelegenheit dazu haben«, antwortete ich.

»Ist mir recht.« Unvermittelt hob er seine Hand und streichelte kurz über meine Wange. »Ich tröste dich. Aber weder mach ich mich über deine Gefühlsausbrüche lustig, noch forderst du mich auf, welche zu haben, okay?«

Ich wollte mit einer patzigen Bemerkung reagieren. Schließlich hatte *er* das nicht zu bestimmen. Aber es hatte wie eine Bitte geklungen, nicht wie ein Befehl, da musste ich nicht gleich die Stimmung zwischen uns verderben.

»Okay.«

Wir hätten es in diesem Moment dabei belassen können. Aber wir fuhren an einem Laden vorbei, vor dem ein zwei Meter großer Nussknacker stand.

»Oh, mein Gott!«, rief ich. »Sieht der toll aus.«

Leider war Luis' Ohr noch ziemlich nah an meinem Gesicht. Schnell zog er den Kopf zurück und rieb es sich.

Ich lächelte ihn entschuldigend an und versuchte gar nicht mehr, zu verbergen, dass ich rot wurde.

***

Das Hotel lag unweit der Grand Central Station mitten in Manhattan. Nico hatte für eine Suite bezahlt, woraus ich glücklicherweise zwei Einzelzimmerbuchungen machen konnte, ohne etwas draufzahlen zu müssen. Das Foyer war riesig und sehr modern in Weiß und Schwarz gehalten. Sitzgarnituren aus schwarzem Leder bildeten einen starken Kontrast zum hellen Glanzfliesenboden.

Wären nicht etliche andere Menschen in normaler Kleidung hier gewesen – ich hätte mich leicht fehl am Platz fühlen können.

Ich warf Luis einen Blick zu und grinste. In seinem Gesicht stand dieselbe Begeisterung, die ich fühlte.

Das fing schon mal gut an.

Wir wurden nach dem Einchecken von einem Angestellten auf unsere Zimmer geleitet, die direkt nebeneinanderlagen. Ein weiterer Angestellter rollte unsere Koffer auf einem Gepäckwagen hinter uns her.

Gemeinsam betrachteten Luis und ich sein Zimmer. Es war an den Wänden mit dunklem, glänzenden Holz vertäfelt. Die Schränke in Beige lockerten das Ganze auf. Ein Queen-Size-Bett und eine Ecksitzbank am Fenster gaben dem Raum einen modernen Touch, genauso wie der übergroße Fernseher, der an der Wand gegenüber vom Bett hing. Das Badezimmer hatte eine Dusche und eine Badewanne. Genau mein Geschmack. Die Fliesen bildeten die Gestaltung des Foyers nach, Schwarz und Weiß. Sehr edel.

Ich nickte anerkennend, und Luis wirkte ebenfalls zufrieden.

Mein Zimmer sah genauso aus, nur spiegelverkehrt. Ich warf mich aufs Bett und atmete tief durch.

So viel Aufregung in den letzten Tagen, aber jetzt hatte ich das Gefühl, angekommen zu sein. Keine Ahnung, wo, doch ich war da. Ein herrliches Gefühl.

Ich gab Luis eine halbe Stunde, um sich frisch zu machen, bevor ich bei ihm anklopfte. Wir hatten nichts abgesprochen, allerdings musste ich ja nicht auf eine Einladung von ihm warten. Es war früher Nachmittag, ich wollte etwas unternehmen, etwas anschauen.

»Die erste Tour ist erst für morgen geplant«, sagte ich. »Aber können wir nicht schon einmal eine kleine Tour auf eigene Faust machen, bitte?«

»War da nicht ein Abendessen?«

»Ein Candle-Light-Dinner. Sollen wir das machen?« Ich hatte das bisher etwas verdrängt. Natürlich hatte

Nico auch Sachen gebucht, die für Verliebte waren. Aber Luis und ich bei einem romantischen Abendessen? Es gab sicher Schlimmeres, doch die Vorstellung allein bereitete mir schon Schweißausbrüche. Vor uns Kerzen, um uns romantische Musik und Stimmung – und wir beide, wie wir versuchten, locker zu bleiben. Er war ja nun mal nicht mein Bruder.

»Hast du Angst, dass das peinlich werden könnte?«, fragte er.

»Du musst immer alles aussprechen, was dir so durch den Kopf geht, oder? Ein einfaches *Nein* hätte genügt. Wir müssen es doch nicht noch zerreden.«

»Ich würde aber gern mit dir essen«, erwiderte er. »Hast du Angst, Annas Plan, uns zu verkuppeln, könnte doch noch aufgehen?«

Schon wieder glaubte ich, ein bisschen rot anzulaufen, und rieb mir das Gesicht, damit es nicht auffiel.

»Um mich mache ich mir keine Sorgen«, brachte ich erstaunlich cool hervor.

»Und ich habe keine Angst davor, mit dir essen zu gehen.«

Eine merkwürdige Antwort. Ich blickte ihn prüfend an, konnte aber nicht sagen, wie er das meinte. Hatte er keine Angst, weil er eh keine romantischen Gefühle aufkommen lassen würde oder weil er keine Angst vor romantischen Gefühlen hatte?

Warum machte ich mir darüber Gedanken? Das war ja nun wirklich sein Problem.

- KAPITEL 6 -

Ich sehe nur Bahnhof

Wir entschieden uns für das Naheliegende: Die Grand Central Station. Sie stand nicht im regulären Programm – nur der Weihnachtsmarkt darin – wurde aber ausdrücklich für die Weihnachtszeit empfohlen. Bestimmt hatte Nico das bei der Wahl des Hotels schon berücksichtigt.

Das alte Gebäude inmitten der modernen Hochhäuser war von außen schon sehr beeindruckend. Als sei eine neue Stadt ringsherum gebaut worden. Doch von innen war es noch schöner. Hunderte Leute wuselten umher. Die große Eingangshalle spannte sich viele Meter über uns. Einzelne Kränze aus Tannenzweigen schmückten die großen Säulen an den Seiten, und in diesem Moment lief eine Lasershow. Schneeflocken in unterschiedlichsten Farben wirbelten auf der Unterseite der Kuppel und an den Wänden. Wir kamen anscheinend gerade rechtzeitig und bestaunten wortlos die Lichter. Einige Menschen warteten vor der großen Uhr über dem Infoschalter, viele aber wuselten umher. Vermutlich kannten sie das alles schon und wollten nur ihre Züge erwischen oder waren eben angekommen und eilten einfach weiter.

Als es vorbei war, blickten Luis und ich uns an. Seine Augen funkelten, und auf seinem Gesicht lag ein ungewohnter Glanz.

»Hat dir das etwa gefallen?«, fragte ich.

»Es war ein guter Auftakt für unseren Weihnachtstrip.« Er zückte sein Handy und tippte darauf herum.

Ich wollte gerade denken, dass er ein Stoffel war, weil er sofort im Internet herumdaddeln musste, da hob er den Kopf und lächelte.

»Die Show gibt es jede halbe Stunde von elf Uhr morgens bis neun Uhr abends. Wir könnten überprüfen, ob das Programm wechselt.«

Die Vorstellung, diese Stimmung nun jeden Tag haben zu können, gefiel mir.

»Wenn wir genügend Zeit haben«, erwiderte ich. »Wir haben ein strammes Programm vor uns.«

»Och, ein kleiner Abendspaziergang wird wohl drin sein.«

Oh, Mann! Es fing besser an, als ich je zu träumen gewagt hatte.

»Im Museum hier ist eine Modelleisenbahn-Landschaft aufgebaut«, erzählte Luis jetzt. »Hast du Lust, dir das anzusehen?«

Und ob ich die hatte!

Das *New York Transit Museum* wirkte von außen wie eins der Geschäfte, die es hier gab. Nur das Schild rechts neben dem Eingang verriet, dass wir richtig waren. Allerdings hätte mich ohnehin das blaue Licht magisch angezogen, das von innen herausstrahlte. Die Schaufenster oder, wie man das nennen mochte, waren weihnachtlich dekoriert, und drinnen schien es genauso weiterzugehen.

An den Wänden prangten bunte Graffitis. Das blaue Licht hatte seinen Ursprung in hunderten kleinen Lämpchen, die an Schnüren über die Decke gespannt waren. Dazwischen hingen Bilder von Geschenken, Tannenbäumen oder New Yorker Wahrzeichen.

Doch die eigentliche Attraktion befand sich darunter. Eine Miniaturlandschaft, durch die eine Modelleisenbahn fuhr, eigentlich zwei, eine auf der unteren Ebene, die andere darüber. Eine Glasscheibe verhinderte, dass Kinder in die Szene hineingreifen konnten, obwohl der Anblick förmlich dazu einlud. Stattdessen drückten sie sich die Nasen platt und schauten fasziniert zu, wie die Bahnen an ihnen vorüberfuhren, untermalt vom ständigen Rauschen, das sie auf den Schienen verursachten. Im hinteren Teil des Museums konnte man zumindest einen Teil der dargestellten Landschaft erwerben.

»Stehst du auf Eisenbahnen?«, fragte ich Luis.

»Nein, nicht besonders. Das hier ist toll. Aber in meinen eigenen Keller würde ich mir das nicht stellen.«

»Vielleicht ja im Wohnzimmer«, murmelte ich, um ihn auch mal ein bisschen zu ärgern.

»Ja, dann könnte ich mir mein Essen von der Küche ins Wohnzimmer fahren lassen. Das wäre witzig.«

»Ja, super witzig.« Mir lag der Spruch auf der Zunge, dass seine zukünftige Frau wohl kaum damit einverstanden wäre. Aber in Anbetracht seiner Lage erschien mir das unpassend, auch wenn ich natürlich nur so allgemein irgendeine Frau meinen würde, nicht seine Ex Sina im Speziellen. Also schwieg ich und ging weiter.

Eine Runde reichte uns.

»Wir könnten zum Weihnachtsmarkt hier«, schlug ich vor. »Der steht zwar erst auf dem Weihnachtsmarktprogramm, aber wir könnten ja schon mal schauen.«

Luis schnaubte. »Ich habe schon gesehen, dass wir morgen einen Weihnachtsmarktmarathon vor uns haben. Vielleicht ist es besser, einen auf heute vorzuziehen.«

»Bist du bereits genervt von all der Weihnachtsstimmung?«

»Nein, aber ich hetze ungern durch ein Programm, das jemand anderer gemacht hat.«

Was sollte denn dieser Unterton?

»Er hat es ja meinetwegen so geplant. Ich liebe Weihnachtsmärkte. Also tu bitte so, als hätte *ich* das arrangiert. Doch wenn du willst, schauen wir, ob wir den hier nachher abhaken können.« Ich betonte das Wort *abhaken*, weil mir nicht gefiel, dass er so tat, als würden wir ein Programm abspulen.

»So habe ich das nicht gemeint«, sagte er und kaute auf seiner Unterlippe, eine Geste, die mir sehr bekannt vorkam, allerdings beschränkte er sich nicht auf die rechte Seite, sondern bezog die ganze Unterlippe mit ein.

Bevor ich das weiter analysieren konnte, lächelte er schon wieder und stupste mich an.

»Na, komm!«, sagte er. »Jetzt bin ich neugierig.«

Das war ich auch. Wir gingen einen anderen Bogen durch die Passagen, sahen andere Geschäfte und erreichten durch die Haupthalle die Vanderbilt Hall. Der Weihnachtsmarkt nahm einen großen Teil der Halle ein und war mit *Holiday Fair* überschrieben. Wenn nicht im Hintergrund dezente Weihnachtssongs gelaufen wären, hätte ich mich eher wie auf einer Messe gefühlt, weil wir immer noch drinnen und auch die Stände dementsprechend angeordnet waren. Aber die darin angebotenen Sachen waren wirklich etwas Besonderes. Ausgefallene Handtaschen, Schmuck, Spielzeug, Weihnachtsdekoration. Allerdings nichts zu essen.

Als wir genug herumgelaufen waren und Dinge bestaunt hatten, meldete sich mein Magen deutlich. Luis schien es ähnlich zu gehen.

»Wollen wir hier im Bahnhof noch etwas vor dem Dinner essen?«, fragte er.

»Nein, ich habe eh genug für den ersten Tag. Wir sollten zurück ins Hotel und dort essen.«

Wir verließen die Grand Central Station durch die Halle, in der der Weihnachtsmarkt war, und kamen bei einer Brücke, die über die Straße führte, heraus. Auch sie wirkte wie aus der Zeit gefallen.

In dieser Kulisse gingen wir gemütlich durch das verschneite New York zurück zum Hotel.

Der Anfang dieser Reise war schon mal gelungen.

- KAPITEL 7 -

Ein unromantisches Dinner

Ich stand vor dem Spiegel und zupfte an meiner Frisur herum. Zu dem dunkelblauen Cocktailkleid – passend zu meiner Augenfarbe – hatte ich meine langen braunen Haare zu einer Art Banane hochgesteckt. Immer noch grinste ich über das ganze Gesicht, weil der Besuch der Grand Central Station so toll gewesen war. Die nächsten Tage würden noch mehr zu bieten haben. Traumhaft!

Doch ein Knoten kam wie aus dem Nichts und senkte sich in meinen Magen.

Nico hatte diesen Trip für uns geplant. Uns als Paar. Wie traumhaft hätte das werden können? Wie konnte jemand etwas so Fantastisches planen und dann alles hinschmeißen?

Ja, er wollte sich selbst finden, hatte das Gefühl, sich zu früh festzulegen. Das hatte er bei der Reise anscheinend auch getan. Doch ich hatte nie etwas über Heirat oder Kinder gesagt. So weit war ich selbst ja nicht gewesen.

Ich musste davon ausgehen, dass ich einfach nicht die Richtige für ihn war. Sonst hätte er es nicht einfach beendet, ohne Aussicht auf Fortsetzung, nachdem er sich gefunden haben würde.

Lebe dein Leben ohne mich.

Das waren seine Worte an mich gewesen. Ich hätte mich übergeben können, so entsetzt und angewidert war ich von seinem Verhalten. Mochte gut sein, dass wir jetzt so oder so kein Paar mehr wären. Er hatte es aber nicht einmal zur Debatte gestellt. Wenigstens tröstete mich der Gedanke etwas, dass ich inzwischen ohnehin zu dem Schluss gekommen war, dass er nicht der Richtige für mich gewesen wäre, wenngleich uns dieser Trip vielleicht länger zusammengehalten hätte.

Nun nahm ich trotzdem dieses Almosen von ihm an. Zugegeben – es war ein großes Almosen. Aber dieses Gefühl, ausgerechnet dem Menschen, diesen Traum hier zu verdanken, der mich am meisten verletzt hatte …

Ich musste dringend diese Gedanken loswerden, sonst würde mir das doch noch die Reise verderben. Das Beste aus der Situation zu machen, war auch das

Beste für mich. Tatsächlich hatte ich mich heute zum ersten Mal unbeschwert gefühlt.

Schade, dass dieses Gefühl nicht noch das Dinner überstehen konnte. Luis und ich hatten heute Nachmittag Spaß miteinander gehabt. Aber der Gedanke an ein romantisches Dinner mit ihm machte mich nun ziemlich nervös.

Andererseits lag es in meiner Hand, einfach keine romantische Stimmung aufkommen zu lassen.

***

So leicht war das allerdings nicht. Mein Einfluss auf die Stimmung beim Dinner war anfangs ziemlich begrenzt. Das Restaurant lag im zweiten Stock des Hotels und hatte eine große Glasfront, durch die man das abendliche und verschneite New York sehen konnte, die Lichter der Straße und der umliegenden Gebäude.

Unser Tisch war mit einer weißen Tischdecke und weißem Geschirr eingedeckt, dazu gab es schwarzweiß-karierte Servietten und Silberbesteck. Drei schlanke weiße Kerzen leuchteten zwischen uns, dekoriert mit einigen winzigen Christbaumkugeln. Doch das Beste war diese wundervolle Aussicht. Ich brauchte mehrere Minuten, um mich von dem Anblick losreißen zu können.

Luis studierte bereits das Menü. Doch ein Stoffel. Dabei sah er so klasse aus in seinem dunklen Anzug mit dem hellen Hemd. Wie ein Mann von Welt, der jeden Abend in New York zu Abend aß und so eine oder eine ähnliche Aussicht hatte.

»Ich könnte dich jetzt fragen, ob du keinen Sinn dafür hast«, begann ich. »Aber ich soll ja keine Begeisterung von dir erwarten.«

Luis hob den Kopf, warf einen kurzen Blick aus dem Fenster, dann wieder in die Karte.

»Ist schon in Ordnung. Tolle Aussicht!« Er grinste. Bestimmt wollte er mich nur aufziehen.

Allerdings wollte ich ja so weit weg von romantischer Stimmung wie möglich.

»Puh!«, machte ich und widmete mich nun auch der Karte.

»Was?«

»Ich bin froh, dass du dir wirklich Mühe gibst, die Stimmung nicht zu romantisch werden zu lassen. Deine Bemerkungen sind ein gutes Mittel.«

»Du bist Annas Freundin«, erwiderte er, als wäre das irgendeine Erklärung.

»Ich glaube, das weiß ich.« Ich starrte weiterhin auf die Schrift, konnte aber nichts entziffern, weil mein Kopf zu beschäftigt mit dem war, was er sagte.

»Sie würde mir den Kopf abreißen, wenn ich etwas mit dir anfange«, fuhr er fort.

Ich knallte die Karte zu. Das Gespräch war mir unangenehm. Keine Ahnung, warum. Ich wollte einfach nicht darüber reden.

In diesem Moment kam ein junger Kellner in einem schicken schwarzen Anzug.

»Ich wäre so weit«, sagte ich und tat, als führten wir gerade kein peinliches Gespräch.

Luis nickte.

Wir bestellten drei Gerichte für drei Gänge und schwiegen eine Weile, während wir warteten. Ich konzentrierte mich auf die Aussicht. Aus dem Augenwinkel nahm ich wahr, dass auch Luis endlich seinen Blick auf die funkelnden Lichter draußen warf.

Als mein Tomatensalat kam, lächelte ich ihn an, als wäre nichts gewesen. Er hatte denselben Salat, sodass wir ein paar Worte darüber wechseln konnten.

Beim Hauptgang – Lamm für mich, Rindersteak für Luis – sprachen wir über unseren Besuch in der Grand Central Station. Merkwürdig, wie er ständig in seiner Stimmung wechselte. Ihn hatte unser Nachmittag genauso begeistert wie mich, und anscheinend war es vorhin kein Problem gewesen, das auch zu zeigen. Aber die Situation jetzt schien ihn total zu stören.

Mit jeder Faser spürte ich, wie unwohl er sich fühlte, sobald der Kellner Wein nachgoss oder ich meinen Blick zur Straße wandte, immer wieder aufs Neue begeistert von dieser Aussicht.

Es lag hoffentlich nicht daran, dass es vorhin für ihn interessanter gewesen war, weil es um Züge ging, da das etwas für Männer wäre, schöne Aussichten für

Frauen. Doch so hatten Annas Eltern ihre Kinder nicht erzogen. Was war es dann?

Ich hatte mir zum Nachtisch ein klassisches Tiramisu bestellt, weil ich es liebte. Luis bekam eine kleine Käseplatte und Weintrauben.

Das Auftischen hatte unser Gespräch wieder etwas zum Erliegen gebracht, sodass wir zunächst schweigend aßen.

»Ich wollte dich vorhin nicht vor den Kopf stoßen«, sagte er unvermittelt.

»Wie bitte? Was meinst du?«

»Weil ich so vehement gesagt habe, ich würde nie etwas mit dir anfangen wegen Anna.«

In diesem Moment konnte ich meine Gefühle gar nicht richtig zuordnen. Er würde nie etwas mit mir anfangen? Störte mich das? Keine Ahnung! Darüber wollte ich nicht nachdenken.

Aber warum verflixt noch mal benahm er sich so, als müsste er mir eine Abfuhr erteilen?

»Was bringt dich denn darauf, mir das überhaupt zu sagen?«, fragte ich so ruhig, wie es mir möglich war. »Strahlt irgendetwas an mir aus, dass ich wollen könnte, dass du dich an mich heranmachst? Wenn es nur deshalb ist, weil ich dich hierher mitgenommen habe, dann kann ich dich gleich beruhigen. Ich wollte mit Anna fahren, und sie hat mir förmlich aufgedrückt, dich mitzunehmen. Du bist die Notlösung. Der Lückenbüßer. Ich habe das hier nicht geplant, um dich zu verführen.« Ich stand schwungvoll auf, sodass der Stuhl etwas heftig nach hinten rutschte.

Einige Gäste sahen mich irritiert an. Kein Wunder. So benahm man sich ja auch nicht in so einem Etablissement.

»Gute Nacht!«, murrte ich und verschwand.

So ein toller erster Tag, und dann endete er auf diese Weise. Kein Wunder, dass seine Verlobte ihn nicht mehr wollte. Der konnte einem jede Stimmung vermiesen und etwas Schönes ins Gegenteil verkehren.

Und ich hatte endlose zehn Tage mit diesem Miesepeter vor mir.

- KAPITEL 8 -

Ungewohnt feierlich

Gegen halb acht am nächsten Morgen klopfte es an meiner Tür. Ich hatte relativ gut geschlafen, auch wenn nach dem Aufwachen das blöde Gefühl im Magen wiedergekommen war, mit dem ich mich gestern Abend schon herumgeschlagen hatte.

Noch im Bademantel öffnete ich vorsichtig die Tür.

Es war Luis. Er lächelte mich unsicher an.

»Ich wollte mich entschuldigen«, sagte er sofort, als befürchtete er, ich könnte ihm die Tür vor der Nase zuschlagen. »Gestern Abend habe ich mich nicht mehr getraut, bei dir zu klopfen.«

Ich trat beiseite, damit er hereinkommen konnte.

»Du hast mich so wütend gemacht«, sagte ich und setzte mich aufs Bett.

»Keine Ahnung, was in mich gefahren ist. Du hattest recht, es war einfach nur toll. Irgendwie habe ich dabei aber …«

»… an deine Ex-Verlobte gedacht?«

Er nickte.

»Du vermisst sie.«

»Das ist es nicht einmal. Es gab … gute Gründe für die Trennung. Aber dieser Trip ist eindeutig ein Trip für Verliebte. Da gehen einem komische Dinge durch den Kopf.«

Ach ja? Was denn für welche? Betrafen diese Dinge etwa mich?

Ich schwieg.

»Das geht dir doch bestimmt genauso mit deinem Ex-Freund«, sagte er. »Ich weiß, wir wollten nicht über die beiden reden. Aber immerhin hat er das alles für dich … für euch geplant.«

»Ja, natürlich ist das merkwürdig. Aber ich habe mich dafür entschieden, es einfach so zu nehmen, wie es ist.«

»Mit mir als Notnagel und Lückenbüßer.«

Ich lächelte ihn entschuldigend an. »Tut mir leid, dass ich das so hart ausgedrückt habe. Aber du hast so getan, als würde ich es darauf anlegen …« Ich wusste gar nicht, wie ich diesen Satz beenden sollte. So genau wusste ich ja nicht, was er gedacht hatte.

»Vielleicht habe ich zu viel darüber nachgedacht«, sagte er.

Worüber? Sollte ich das fragen? Das traute ich mich nicht.

»Ich weiß nicht, wie es dir geht«, fuhr er fort. »Aber wir kennen uns schon sehr lange. Ich meine – haben wir jemals ein vernünftiges Gespräch miteinander geführt?«

Ich überlegte. Kurze Grüße, mal eine Bemerkung, aber eine richtige Unterhaltung?

»Nein, ich kann mich nicht erinnern. Du bist halt Annas großer Bruder.«

»Trotzdem war es gestern Nachmittag so, als stünden wir uns auch nah. Ich war wohl etwas irritiert. Ist ja nicht so, als wärst du hässlich.«

Ich runzelte die Stirn, als würde das helfen, seinen Worten einen Sinn zu entnehmen. Zwecklos!

»Was willst du mir sagen?«, fragte ich.

»Lass uns einfach das Beste aus dem Trip machen«, antwortete er. »Ich will nicht darüber nachdenken, wie ich mich verhalte, ob man das irgendwie missverstehen könnte oder ob es etwas ist, weswegen Anna hinterher sauer auf mich wäre. Ich freue mich auf ein paar schöne Tage. Mit dir.«

Ich nickte. Ob ich alles verstanden hatte, wusste ich nicht unbedingt. Aber einen Anhaltspunkt hatte ich.

»Wir beide wären lieber mit jemand anderem hier«, fasste ich die Situation zusammen. »Aber es ist nun mal, wie es ist. Ich will mir das auch nicht verderben lassen. Also gehen wir alles locker an und tun nichts, was Anna verärgern könnte. Und wenn doch, verraten wir es ihr nicht.«

Luis lächelte und wandte sich zur Tür.

»Sehen wir uns gleich beim Frühstück?«, fragte er.

Und ob.

Als er draußen war, hatte sich das Gefühl in meinem Bauch verändert. Kein unangenehmer Knoten mehr. Eher Schneeflocken, die in mir hinaufwirbelten. Ich musste das dringend ignorieren. Wir hatten das jetzt endgültig geklärt, und ich durfte nicht weiter darüber nachdenken, warum wir überhaupt über dieses Thema gesprochen hatten.

War es das nun wirklich – geklärt?

Ja, auf jeden Fall.

Das Kribbeln schob ich jetzt einfach mal auf die Vorfreude. Denn heute Vormittag stand ein Bummel über die Weihnachtsmärkte auf dem Programm.

***

Wir frühstückten in einem kleinen Restaurant in der dritten Etage des Hotels. Es hatte nicht die tolle Aussicht wie das andere. Aber es war genauso wunderschön geschmückt, allerdings in helleren Farben. Statt Schwarz-Weiß-Tönen untermalt mit Gold und Silber, dominierten hier Grün und Rot. Über einer Kaminattrappe hingen große Socken, und auf den Tischen standen kleine Plüschrentiere.

Das Büfett bestand aus Eiern, Bacon, Würstchen, Toast und Kuchen, Bratkartoffeln und Pancakes. Hinter einem der Tresen stand ein Koch und briet Omeletts nach Wunsch. Ich sammelte Pilze, Schnittlauch und Speckwürfel in eine Schüssel und reichte sie dem Koch, als ich an der Reihe war, damit er das Ganze mit vier Eiern zubereitete.

Luis aß sich einmal durch das gesamte Angebot. Wir hatten uns einen Tisch in der Nähe des Büfetts gesucht, und er stand immer wieder auf, um nachzuholen.

Er wirkte völlig normal, als wäre nichts gewesen. Ein Glück! Ich freute mich auf den bevorstehenden Tag und konnte keine miese Stimmung gebrauchen.

***

Nico hatte keine Tour gebucht, dafür war der Zeitplan viel zu vollgepackt, und die meisten Führungen begannen natürlich erst am Nachmittag, kurz bevor es dunkel wurde. Aber den Unterlagen war ein Prospekt beigefügt, in denen die schönsten Märkte beschrieben wurden. Den in der Grand Central Station hatten wir bereits gesehen. Also begannen wir gegen elf unseren Rundgang im Bryant Park, der unserem Hotel am nächsten war.

Ich hatte mich extra warm angezogen. Es war ein knackiger Wintertag. Es schneite nicht, der Himmel war wolkenlos, und bei jedem Atemzug schoss Dampf aus meinem Mund heraus. Luis quittierte meine extra große weiße Pudelmütze, die Anna mir aufgeschwatzt hatte, mit einer gerunzelten Stirn, sagte aber nichts. Er selbst trug eine dunkle Beanie, unter der seine graublaugrünen Augen hervorleuchteten, und einen halblangen Wollmantel, der ihm extrem gut stand. Ich hatte mich für die dunkelgrüne Daunenjacke entschieden zu einer eng sitzenden Jeans und konnte mich neben ihm sehen lassen.

Der Weihnachtsmarkt nannte sich Winter Village und hatte nichts mit den Weihnachtsmärkten gemein, auf denen ich bisher gewesen war. Da ich jedes Jahr mehrere besuchte und darauf achtete, dass auch welche dabei waren, die ich noch nicht kannte, hatte ich schon einige gesehen. Den Nürnberger Christkindlesmarkt, den Dresdener Striezelmarkt, die Weihnachtsmärkte in Berlin, Bamberg, Marienberg und Kassel, mittelalterliche Weihnachtsmärkte.

Aber der im Bryant Park war anders. Hier standen keine Büdchen, vor die man sich stellte, um zu schauen oder zu kaufen. Stattdessen waren es Miniaturläden, Geschäfte in Glashäusern umrahmt von grünen Verstrebungen. Es gab alles zu kaufen, was man sich vorstellen konnte: Schmuck, Deko, Parfüms, Klamotten, aber auch Essen.

Wir schlenderten umher, und ich versuchte, von außen zu erkennen, was es drinnen gab. Die Läden waren sehr klein und trotz der Tageszeit gut besucht.

Ich wagte mich in einen Laden für Dekoartikel und bewunderte die Weihnachtskugeln, Schneemänner, Rentiere und Santa Claus-Figuren. Am tollsten aber waren die vielen verschiedenen Schneekugeln in allen möglichen Größen. Die Auswahl überforderte mich, sodass ich letztlich mit leeren Händen ging.

Luis hatte sich zurückgehalten und nur mäßig interessiert umgesehen. Neugierig sah er mich nun an.

»Nichts gefunden?«, fragte er, als wir vor dem Laden standen.

»Viel zu viel.«

»Ich habe überlegt, Anna etwas zu kaufen. Sie steht doch auf Schneekugeln.«

Ich nickte. »Genauso wie ich. Aber ich konnte mich nicht entscheiden.«

Er lächelte, und ich machte mich bereit für einen dummen Spruch. Aber es kam keiner.

»Du hast ja noch ein paar Tage Zeit, darüber nachzudenken«, sagte er.

»Ich weiß nicht, ob das hilft. Nach der Bustour heute Abend werde ich den totalen Dekoschock haben und zum Nordpol ziehen wollen, weil ich mir vorstelle, dass es dort das ganze Jahr über so aussieht.«

Luis lachte herzhaft und hob seinen Arm. Kurz wirkte es, als wollte er ihn um mich legen. Aber er senkte ihn wieder und wandte sich zum Weitergehen.

Wir erreichten einen großen Brunnen, der mitten zwischen den Läden stand.

»Bei Dämmerung sieht es bestimmt noch schöner aus«, sagte Luis.

Wie ungewohnt feierlich von ihm. Mir lag genau dieser Spruch auf der Zunge, als er mich anstupste und zu etwas hinter dem Brunnen deutete. Eine riesige Eisfläche erstreckte sich dort. Die Geschäfte schienen sich dahin zu öffnen, indem sie in einem Bogen direkt dorthin führten.

Die Fläche war gut gefüllt. Da bekam man direkt Lust, mitzulaufen. Zumal dahinter ein riesiger Weihnachtsbaum aufragte, reichlich geschmückt.

»Willst du Schlittschuhlaufen?«, fragte Luis, als hätte er meine Gedanken erraten.

»Ich weiß nicht, ob ich mich dann noch von hier trennen kann. Das ist schon jetzt so toll. Aber wir werden das ja noch ausgiebig am Rockefeller Center tun.«

Er nickte, aber ich bildete mir ein, dass er die Eislaufbahn mit einem sehnsüchtigen Blick bedachte, oder?

Bisher hatte er weitgehend versucht, seine Begeisterung nicht zu zeigen, egal, worum es ging. Vielleicht taute er jetzt auf.

Nach jeweils einer Portion Churros, die es in einem der Läden zu kaufen gab und die Luis bezahlte, verließen wir das Winter Village und fuhren mit dem Taxi zum Weihnachtsmarkt am Union Square.

- KAPITEL 9 -

Einmal an einem Heiligabend

Dieser Weihnachtsmarkt erinnerte an die in Deutschland, allerdings kam er mir riesig vor. Hier standen die typischen Buden, in denen man alles Mögliche kaufen konnte. Es gab Schals, Mützen, Handschuhe, Seifen, Kerzen, Kunst- und Haushaltsgegenstände. Ein Stand mit Schokoküssen verlangte meine sofortige Aufmerksamkeit, auch wenn ich natürlich gleich kleckerte, als ich abbiss. Danach schlürften wir eine heiße Schokolade.

»Es sieht irgendwie so aufgeräumt aus«, sagte Luis, während wir langsam durch die Gässchen zwischen den Buden entlanggingen.

»Vielleicht, weil hier noch nicht viel los ist.« Ich blickte mich um. Natürlich waren um uns herum schon etliche Leute, aber voll war es nicht.

Ohne jedes Zeitgefühl schlenderten wir weiter, bewunderten die Auslagen und redeten über alles Mögliche. Die hässlichsten Weihnachtsdekorationen, die wir hatten, oder die schönsten, Lieblingsweihnachtsnaschereien oder einfach nur, wo wir gern einmal Urlaub machen würden. Allerdings befand ich mich gerade mitten in meinem Traumurlaub. Luis quittierte das mit einem mystischen Lächeln, bevor er sagte: »Das könnte auch meiner werden.«

Ich fragte nicht nach, wie er das meinte. Meine Fantasie dahingehend war bestimmt spannender. Und langsam genoss ich das Prickeln, das sich in bestimmten Situationen, bei bestimmten Blicken von ihm, in mir breitmachte. Mein Gefühl sagte mir, dass ich vielleicht nicht ganz allein damit war.

Allerdings dachte ich das Ganze nicht weiter. Ich freute mich einfach, dass wir uns immer besser verstanden. Auch nach diesem Urlaub würde ich ihn sehen können. Vielleicht konnten wir echte Freunde werden und irgendwann …

Nein, so weit mochte ich nicht denken. Ich wollte genießen.

Die Stimmung zwischen uns war herrlich entspannt. Luis wirkte lockerer und zog mich nicht mehr auf. Ich hörte interessiert zu, als er Geschichten über Weihnachten aus seiner Kindheit erzählte, von denen ich manche bereits aus Annas Perspektive kannte.

In diesem Moment schilderte er mir, wie die nagelneue Hummel-Figur, die sein Vater seiner Mutter geschenkt hatte, kaputt gegangen war.

»Anna hat sie heimlich genommen, als meine Eltern nicht im Wohnzimmer waren. Ich wollte, dass sie sie zurückstellt, und habe versucht, sie ihr wegzunehmen. Dabei hat sie sie fallengelassen.«

»Das hat Anna mir aber ganz anders erzählt«, erwiderte ich. »Nach ihrer Aussage warst du es, der sie fallen ließ.«

»Das will sie vielleicht glauben. Doch es war eindeutig ihre Schuld. Ich habe die Figur nicht einmal berührt.«

»Sie aber anscheinend so sehr erschreckt, dass sie ihre Finger nicht mehr unter Kontrolle hatte. Sie war stinksauer auf dich.«

Luis schnaubte. »Das hat sie umsonst gehabt. Mein Vater war auf uns beide genug sauer. Ich konnte mich nicht einmal verteidigen. Schlimmer war aber, wie meine Mutter reagiert hat. Sie hat geweint, wollte das aber nicht zeigen und ist in die Küche gegangen, bis sie sich beruhigt hat. Das war schlimm.«

»Aber am Ende ist es doch noch ein schöner Abend geworden. So hat es Anna erzählt.«

»Meine Eltern können nie lange böse sein. Doch als wir später Rommé gespielt haben und meine Eltern sich bemühten, uns ihren Ärger nicht spüren zu lassen, war es für mich fast noch schlimmer. Aber Anna hat dafür bezahlt.« Er grinste verschwörerisch. »Ich habe am nächsten Tag ihrer Blauhaarpuppe die Haare abgeschnitten.«

»Du warst das! Anna dachte, es wäre …« Ich stockte. »Wie alt wart ihr da?«

»Ich muss zwölf gewesen sein, Anna dementsprechend neun. Warum?«

»Das würde erklären, warum sie eine übersinnliche Erklärung dafür hatte.« Ich lachte, weil ich die Geschichte völlig anders kannte.

»Welche denn?«

»Anna dachte, der Weihnachtsmann hätte das ihrer Puppe angetan. Als Strafe dafür, dass sie dich das Geschenk ihrer Mutter kaputt machen ließ.«

Luis lachte nun auch herzhaft. »Ich habe mich immer gefragt, warum sie das einfach so hingenommen hat. Sie hat nie ein Wort darüber zu mir oder meinen Eltern gesagt.«

»Sie dachte wohl, wenn sie es erzählt, würden eure Eltern wissen, dass es eine Strafe des Weihnachtsmannes ist, und denken, dass sie allein es war, die die Figur zerbrochen hat. Du wurdest schließlich nicht vom Weihnachtsmann bestraft.«

»Aha! Dann ahnte sie zumindest, dass es nur ihre Schuld war.«

»Unglaublich, dass ihr nie wieder darüber gesprochen habt.«

Luis nickte und wirkte kurz in Gedanken. Doch der Moment war schnell vorüber.

»Wir können hier ein bisschen Deko kaufen«, schlug er vor.

»Für deine Mutter?«

»Ja, und für Anna. Sie steht auch darauf.«

Es dauerte nicht lange, und wir fanden ein passendes Geschäft. Ich konnte mich kaum sattsehen an den schönen Dingen. Vor allem die Schneekugeln taten es mir an. Ich hielt zwei hoch, die vom Motiv her zueinander passten. In der einen war ein Schneemann, in der anderen eine Schneefrau. Sie hielten jeweils einen geschwungenen Stock, und beide Stöcke schienen sich fast zu berühren, wenn man die Kugeln nahe aneinanderhielt, sodass sie ein Herz bildeten.

»Die wären was für Anna«, sagte ich. »Eine von mir und eine von dir. Weil sie uns einander quasi vermittelt hat für die Reise. Oder ist dir das mit dem Herzen zu viel?«

Luis verzog den Mund. »Das ist genau ihr Geschmack.«

Also kaufte jeder von uns eine. Ich nahm die Schneefrau.

Der Verkäufer zwinkerte uns zu. Vermutlich dachte er, wir seien zwei Verliebte, die das jeweilige Gegenstück kauften.

Wenn er meinte!

»Wir hätten es anders machen sollen«, sagte Luis, als wir vor dem Geschäft standen. »Ich hätte beide Kugel kaufen müssen, eine für dich, eine für Anna. Dann hätte ich schon zwei Geschenke für Weihnachten abhaken können. Freundschaftsschneekugeln.«

»Anna wird die lieben. Außerdem – warum solltest du mir etwas zu Weihnachten schenken?« Ich hatte die Frage gestellt, ohne darüber nachzudenken, was sie bewirken konnte.

Doch sofort fiel es mir selbst auf. Das war ja, als wollte ich etwas Besonderes hören. Peinlich! Was er jetzt wohl von mir dachte? Weil er mich so toll fand, oder was sollte er nun darauf erwidern?

Fieberhaft überlegte ich, wie ich aus der Nummer wieder herauskam, aber er war schneller.

»Zumindest ein kleines Dankeschön hast du dir dafür verdient, mich mit auf diese Reise genommen zu haben.«

»Du hast bisher schon alles andere bezahlt, was wir hier in bar zahlen mussten. Die Taxis, die Churros vorhin oder den Eintritt ins Museum in der Central Station. Das ist mir durchaus aufgefallen, und ich habe schon vermutet, dass du das nicht aus altmodischen Gründen tust.« Innerlich atmete ich auf, weil ich den Bogen so clever gekriegt hatte. Natürlich empfand ich die Tatsache, dass er bisher gezahlt hatte, ein Stück weit als Geste eines Gentlemans. Doch mir war genauso klar, dass er es aus pragmatischen Gründen tat, weil er das Gefühl hatte, er müsste sich irgendwie für alles revanchieren – obwohl ja nicht einmal *ich* für diese Reise gezahlt hatte.

»Ich würde dich genauso einladen, wenn ich nicht das Gefühl hätte, mich bedanken zu müssen«, sagte er so offen, dass ich spürte, wie mir unter meiner weißen Pudelmütze warm wurde.

- KAPITEL 10 -

Gegensätze

Wir spazierten weiter durch die Stände. Es gab viele, die ausschließlich Weihnachtsdekoration verkauften. Ich wagte es kaum, stehenzubleiben, weil ich befürchtete, nicht mehr wegzukommen. Aber wir hatten heute ja noch einiges vor uns. Also huschte ich mit meinen Augen über die wundervollen, kitschigen Sachen hinweg und versuchte, mir zu merken, was ich eventuell haben wollte. Da ein Stand schöner als der andere war, musste ich auch nicht befürchten, eine Chance verpasst zu haben. Ich konnte viele, viele Wohnungen mit dem schmücken, was mir gefiel. Ich verschob aber einen Amokkauf lieber auf den letzten Weihnachtsmarkt für heute. Der sollte nämlich auch mehr als genug davon zu bieten haben.

»Magst du noch etwas zum Aufwärmen?«, fragte Luis, als sich mir schon der Kopf vor lauter bunten Farben drehte. »Suppe oder noch eine heiße Schokolade? Alkohol gibt es hier ja leider nicht.«

»Dabei wäre ein heißer Glühwein jetzt genau das Richtige. Oder ein Grog.«

»Grog trinkt Anna am liebsten.«

»Ich weiß. Rate mal, mit wem sie den öfter trinkt.«

Luis schüttelte den Kopf. »Ihr beide seid euch dermaßen ähnlich. Als wäre sie *deine* Schwester und nicht meine.«

Diese Sichtweise gefiel mir nicht. Er sollte mich nicht mit seiner Schwester vergleichen.

»Ihr habt dieselbe Augenfarbe«, erwiderte ich, als würde das die Situation verbessern. Stattdessen war es sowohl das Auflehnen gegen brüderliche Gefühle, die er mir gegenüber eventuell hatte, als auch das Zugeben, dass ich mich mit seiner Augenfarbe befasste. Ich musste das jetzt irgendwie retten.

»Das ist mir sofort aufgefallen«, erklärte ich schnell. »Auf dem Weihnachtsmarkt, als wir uns getroffen haben, um festzustellen, ob wir gemeinsam diese Reise antreten wollen. Ich habe jahrelang Annas Augenfarbe analysieren müssen.«

Luis stöhnte. »Damit hat sie mich früher auch ständig genervt. Wie hat sie es genannt?«

»Grau mit einem gelben Ring um die Pupille«, half ich aus.

Luis nickte und lachte. »Genau. Irgendsowas.«

»Das stammt übrigens von mir.«

»Na dann wird es wohl stimmen.«

Blickte er mir jetzt extra so intensiv in die Augen?

Demonstrativ sah ich zurück und nickte dann. »Eindeutig. Bei dir auch.«

»Hatte das irgendeinen Einfluss auf deine Entscheidung?« Immer noch sah er mich durchdringend an.

Irgendetwas Cooles musste ich sagen, damit es nicht noch peinlicher für mich wurde.

»Na klar, du hast mich an Anna erinnert«, antwortete ich. »Schließlich war sie diejenige, die diese Reise als Ersatz antreten sollte, und meine erste Wahl dafür.«

»Zweite«, murmelte er und sah mich an, als wäre er weit weg mit seinen Gedanken.

»Nein«, widersprach ich. »Nicht mehr.« Ich buffte ihn sanft gegen den Oberarm. »Außerdem kann ich mir inzwischen gar nicht mehr vorstellen, diese Reise ohne dich angetreten zu haben. Mir gefällt es hier. Mit dir.« Sollte er denken, was er wollte! Es war einfach die Wahrheit.

Luis lächelte mich dankbar an, griff nach meiner Hand und zog mich weiter. Leider ließ er viel zu schnell wieder los. Vielleicht befürchtete er, ein falsches Signal zu senden, wenn er meine Hand länger halten würde. Denn so hatte es gerade kurz genug gedauert, damit es nicht peinlich war.

Wir entschieden uns für eine Gemüsesuppe, die es ein paar Büdchen weiter gab, aber kaum lange vorhalten würde, und stellten uns gemütlich an einen Stehtisch, über dem tatsächlich eine Art Heizlampe hing.

»Da hätte ich die Suppe zum Aufwärmen nicht gebraucht«, sagte ich, war mir aber nicht ganz sicher, wie ich das fand. Bestimmt fror ich, wenn wir weitergingen.

Luis lenkte mich jedoch von solch pragmatischen Gedanken ab, indem er über die verrückten Dekostücke witzelte, die wir ebenfalls zur Genüge gesehen hatten.

Inzwischen war ich einfach nur froh, dass sich die Stimmung zwischen uns so entspannt hatte. Er war witzig und unterhaltsam. War mir das je an ihm aufgefallen? Jedenfalls erkannte ich einen ähnlichen Humor wie Annas. Damit hatte ich viel Erfahrung.

Irgendwann, während wir dort standen, wurde mir bewusst, dass er mich anders behandelte als gestern. Eben nicht wie eine Schwester. Oder bildete ich mir das ein?

***

Nach der Suppe ging es mit dem Taxi zum Columbus Circle, unserer letzten Weihnachtsmarktstation für heute.

Der Holiday Market lag in der südwestlichen Ecke des Central Parks, kaum zu übersehen. Auch er erinnerte mich an die Weihnachtsmärkte in Deutschland – allerdings nur, solange ich nicht nach oben blickte. Die Buden standen dicht an dicht, die Dächer waren umrahmt von Tannenzweigen mit Lichterketten. Und dazwischen konnte man Himmel und Hochhäuser sehen, als wären wir in einem Miniaturdorf am Fuße einer Riesenstadt. Sehr beeindruckend.

»Wow!«, sagte ich dementsprechend.

Luis folgte meinem Blick und nickte anerkennend.

»So eine Perspektive hat man selten.«

Plötzlich fühlte ich mich gar nicht wie auf einem heimischen Weihnachtsmarkt, sondern in einem eben solchen, der er war: Ein Holiday Market mitten in New York.

Mein Herz pochte stärker vor Aufregung. Ich fühlte mich ganz klein inmitten dieser Extreme. Trotzdem lächelte ich von einem Ohr zum anderen. Bestimmt wirkte ich jetzt ein bisschen dämlich. Aber das war mir egal.

Ich war in New York und hatte noch viele schöne Erlebnisse vor mir. Warum war niemand zum Umarmen in der Nähe, wenn man ihn brauchte?

»Das ist wirklich der Wahnsinn«, murmelte Luis neben mir, der immer noch nach oben starrte, offenbar genauso überwältigt wie ich.

Bevor ich das bewusst entscheiden konnte, legte ich meinen Arm um ihn und drückte zu.

Zuerst dachte ich, er würde zurückweichen, doch er lachte.

»Womit habe ich denn das verdient?«

»Gar nicht. Aber ich brauche jetzt eine Umarmung.«

Ohne Vorwarnung schlang er beide Arme um mich. Natürlich war es irgendwie merkwürdig. So gut kannten wir uns schließlich nicht. Trotzdem tat es dermaßen gut, dass ich es einfach nur genoss.

Als wir einander wieder losließen, lächelten wir beide ziemlich breit. Es stand ihm hervorragend. Ob er das von mir auch dachte?

»Das tat gut«, sagte ich, und er nickte.

Jetzt war ich bereit, mir den Rest des Weihnachtsmarktes anzusehen.

Viele Stände waren offen gestaltet, sodass man in Ruhe die angebotenen Stücke betrachten konnte. Es gab Schmuck und Kleidung, Handtaschen, aber auch wunderschöne Kunstgegenstände wie Bücher oder Geschirr mit außergewöhnlichen Mustern. Von der handgemachten Schokolade und den Pralinen gönnten wir uns etwas. Es war süß und klebrig, einfach weihnachtlich.

An einem Stand wurde es dann wieder schlimm. Weihnachtsdeko – zehn Meter am Stück nebeneinander, mit Regalen anderthalbmal so groß wie ich.

»Das dauert Stunden, bis ich mir alle angesehen habe«, sagte ich und klatschte in die Hände.

Luis sah auf die Uhr. »Die Bustour beginnt bald. Den Markt in der Central Station hätten wir heute gar nicht geschafft. Wenn wir noch etwas Vernünftiges essen wollen …« Er tat, als müsste er nachdenken. »Du hast fünfzehn Minuten.«

»Wie großzügig. Vielleicht verzichte ich aber auf das Essen.«

»Nichts da! Ich will keine störenden Nebengeräusche, wenn wir nachher die volle Weihnachtsdröhnung bekommen.«

»Dann lenk mich nicht weiter ab.« Ich hatte längst eine Reihe Christbaumkugeln entdeckt, auf denen verschiedene New York-Motive prangten: Ein Taxi, das Empire State Building, der Weihnachtsbaum beim Rockefeller Center. Vielleicht sollte ich mir gleich eine ganze New York-Kollektion zulegen. Damit konnte ich einen eigenen kleinen Vorweihnachtsbaum schmücken. Auf den hatte ich dieses Jahr aus bekannten Gründen verzichtet. Aber eigentlich stellte ich jedes Jahr bereits am ersten Advent einen kleinen Weihnachtsbaum auf, um ihn mit den Dingen zu schmücken, die es nicht an den großen schafften, den ich erst Heiligabend aufstellte und schmückte.

Wobei diese Kugeln so toll waren – warum sollten die es nicht an meinen »richtigen« Weihnachtsbaum schaffen?

- KAPITEL 11 -

Ich will einen Nussknacker

Eine Stunde später trieben wir den Taxifahrer an, damit er uns rechtzeitig am Bryant Park absetzte, wo wir einen Bus erwischen mussten.

Luis hatte sich meine systematische Suche durch die Weihnachtsdekotraumwelt eine Weile angeschaut. Dass die Viertelstunde längst um gewesen war, hatte ich natürlich geahnt. Aber er meckerte nicht, sondern verschwand kurz und erschien mit zwei Bratwürsten, bevor er mir verkündete, dass wir gerade so noch rechtzeitig zum Bus kommen würden, wenn ich jetzt bezahlte und wir die Würstchen auf dem Weg aßen.

Tatsächlich hatte ich eine New York-Weihnachtsbaumkugelsammlung zusammengestellt, dazu noch eine mit verschiedenen Santas, die waren einfach zu süß: Santa, der Trompete spielte oder Blumen goss, ein Buch las. Herrlich!

Nur eins war echt schade.

»Wir haben den Central Park nicht gesehen«, sagte ich. »Dabei waren wir eben quasi schon da.«

»Das kommt doch auch noch dran«, beruhigte mich Luis. »Jetzt gibt es erst mal Weihnachtshäuser bis zum Abwinken.«

***

Mit gut gefüllten Bäuchen bestiegen wir am frühen Abend in Midtown den Kleinbus, der uns durch Dyker Heights fahren würde, um die überbordende Weihnachtsbeleuchtung dort zu bewundern. Darauf freute ich mich besonders. Ich hatte schon viele Bilder gesehen und konnte es kaum erwarten. Weihnachtsdeko war ja mein zweiter Vorname. Heute konnte ich mir einige Anregungen holen.

»Ich warne dich vor«, sagte ich. »Es könnte sein, dass ich hin und wieder vor Verzückung aufkreische.«

»Ich hoffe, dass es bei mir nicht vor Schreck passieren wird. Dort sollen überdimensionale Figuren herumstehen. Hoffentlich wird das nicht gruselig.«

»Du befürchtest, du könntest Angst vor einem lebensgroßen Nussknacker haben? Oder einem Weihnachtsmann und seinen Rentieren?« Ich zog eine Schnute und klimperte mit den Augen.

Er schnaubte und sah mich an, als wäre *ich* die Verrückte. Dabei war *er* es, der eben behauptet hatte, Weihnachtsdeko gruselig zu finden.

Doch sie war es kein bisschen. Wir verließen Manhattan und fuhren mit etwa fünf weiteren Touristen im Bus nach Brooklyn. Um uns in Stimmung zu bringen, lief Weihnachtsmusik. Ich hatte keine Ahnung vom Text, summte aber laut mit.

Der Fahrer und Reiseleiter erklärte uns, dass Dyker Heights die am besten dekorierte Wohngegend von ganz US-Amerika sei. Genau deshalb war ich schließlich hier.

Wir hielten an und stiegen aus, um unsere Tour zu Fuß zu absolvieren. Der Führer erzählte irgendetwas über die Konkurrenz zu anderen Stadtteilen, aber das war mir egal. Ich wollte schöne Häuser sehen, und die bekam ich.

Oder besser gesagt Villen, mit großen Gärten und Treppen, die zu ihren Eingängen führten. Perfekt, um alles in Szene zu setzen. Schmücken war aber nicht das richtige Wort dafür, was die Bewohner hier veranstalteten. Villen und das Gelände außen herum waren regelrecht bedeckt mit Weihnachtsdeko. Besonders Lichterketten dominierten.

Sie hingen überall, wo man etwas aufhängen konnte, Bäume, Sträucher, Büsche, Hausdächer, Zäune.

Dazwischen waren Figuren aufgebaut. Krippenszenen, lebensgroße Zinnsoldaten oder Nussknacker, die

Eingänge säumten, Rentiere, Schlitten, Weihnachtsmänner – alles in jeder erdenklichen Variation oder Farbe.

Oft waren die Lichter in einer einzigen Farbe gehalten, also alle in Rot, alle in Blau oder alle in Grün. Besser gefielen mir aber die, die ihre Häuser in verschiedenen Farben zum Leuchten brachten, mit einer lebensechten Schlittenszene am liebsten davor.

Am allermeisten tat es mir ein Haus an, das mit roten, gelben und grünen Lichtern geschmückt war. Dadurch wirkte der Garten so plastisch. Hier wäre ich sofort eingezogen. Da es eine besonders große Villa war, würde sie mir garantiert von innen auch gefallen.

Doch wir kamen zum nächsten Haus, dem übernächsten und dem danach – irgendwann sah ich ein, dass ich wohl in jedes dieser Häuser eingezogen wäre. Eins schöner als das andere. Ich konnte unmöglich sagen, welches mir am besten gefiel.

Als wir zu einer Villa kamen, die sämtliche Dekovariationen in sich vereinte, Nussknacker, Zinnsoldaten, Weihnachtsmann mit Rentierschlitten, Krippenszene, Schneemänner, Engel, die Spalier standen, und Lämpchen in bunten Farben, war ich dann doch sprachlos.

Zunächst.

»Das will ich auch mal«, sagte ich verzückt.

Luis hatte ebenso fasziniert wie ich die Häuser bewundert und mir hin und wieder vielsagende Blicke zugeworfen. Jetzt wollte ich es genau wissen. Fand er das gut oder nicht?

»Dann reden die Nachbarn den Rest des Jahres kein Wort mit dir«, erwiderte er.

»Na und?! Wenn sie so intolerant sind. Anna kommt mich auf jeden Fall besuchen. Sie mag mich immer.«

Luis` Lächeln, das statt einer Antwort kam, war merkwürdig. Vielleicht dachte er dasselbe wie ich: Würde er mich auch einmal besuchen kommen?

Ich erzählte ihm von einem Haus, das ich ja nicht allein bewohnen würde, sondern mit meinem zukünftigen Ehemann. Und Kindern.

Warum stellte ich mir jetzt vor, Luis wäre dieser Ehemann? Dann konnte er mich ja gar nicht besuchen kommen. Außerdem hatte er schon deutlich gemacht, dass er diese Art von Dekoration ablehnte.

»Schade eigentlich!«, sagte ich leider so, dass er es hörte.

»Was denn?«

Flucht nach vorn!

»Mir ist gerade klargeworden, dass wir beide niemals gemeinsam in einem Haus wohnen werden, weil ich es nicht so dekorieren dürfte, wie ich es will, und dass du mich niemals besuchen wirst, weil du es hassen würdest. Deshalb schade!«

»Ich habe nicht gesagt, dass *ich* nicht mit dir reden würde, wenn du dein Haus so schmückst. Immerhin weiß ich ja, dass du nicht die einzige …«

»… Verrückte bist?« Ich lachte, weil er jetzt tatsächlich ein bisschen verlegen wirkte.

In diesem Moment trat der Besitzer des Hauses aus der großen Eingangstür und kam winkend auf uns zu. Er war bestimmt stolz auf sein Werk.

Tatsächlich öffnete er das Tor und ließ und herein. Unser Führer kannte ihn anscheinend gut.

»Oh, wir können uns alles von Nahem ansehen«, jubelte ich.

Luis lachte, verkniff sich aber eine Bemerkung. Während wir durch den Garten spazierten, sah ich ein- oder zweimal ganz deutlich, wie sich die Lichter in seinen Augen spiegelten. Er mochte es verstecken wollen, aber ihm gefiel das hier mindestens genauso wie mir.

- KAPITEL 12 -

Normales Abendessen

Der Bus brachte uns in die Nähe des Bryant Parks, und wir liefen zurück zum Hotel durch das weihnachtliche New York.

Ich fühlte mich wie berauscht. Hier waren die Lichter natürlich nicht mehr ganz so prächtig wie eben noch, aber es reichte, um den Pegel hochzuhalten.

»Mann, es ist so toll hier!«, rief ich, ohne Rücksicht darauf, ob die vorbeieilenden Leute mich für verrückt hielten.

Doch nur ein älterer Herr nahm von mir Notiz und grinste.

Luis nickte ganz cool, als hätte ihn das alles kalt gelassen. Doch ich hatte es in seinem Gesicht lesen können. Auch er lächelte immer noch, seine Augen sahen grüner aus im Abendlicht, weil sie einen gewissen Glanz hatten, und er wirkte genauso unruhig wie ich.

»Wir müssten völlig platt sein von dem Tag«, sagte ich. »Aber ich könnte alles noch einmal machen. Weihnachtsmärkte, Bustour, essen.«

»Ja, essen. Ich habe echt Hunger«, erwiderte Luis.

»Sollen wir unterwegs etwas essen?«

»Wir könnten es noch einmal mit der tollen Aussicht probieren«, schlug er vor.

»Aber ich ziehe kein Abendkleid dafür an. Vielleicht eine andere Hose. Und ein frisches Oberteil.«

***

Zurück im Hotel gingen wir auf unsere Zimmer, um uns frisch zu machen. Da erwischte es mich. Ich war plötzlich völlig erledigt und hätte sofort ins Bett fallen können. Doch ich hatte seit dem letzten Weihnachtsmarkt nichts mehr gegessen, also tatsächlich einen Riesenhunger.

»Wir können ja einen Tisch nehmen, der weiter weg vom Fenster ist«, bot ich an, als wir das Restaurant betraten, ich in einer dunklen, weiten Stoffhose und einer dunkelgrünen Bluse, Luis in Anzug mit einem grünen Hemd. Als hätten wir uns abgestimmt.

»Auf keinen Fall«, erwiderte er. »Dir gefällt die Aussicht. Dann sollst du sie auch bekommen.«

Das klang doch schon besser als gestern Abend.

Auch, was danach kam, verlief zunächst besser. Wir arbeiteten die Erlebnisse des Tages auf. Luis wirkte so viel lockerer als gestern noch, und wir plauderten über die vielen ungewöhnlichen Dinge, die wir heute gesehen hatten.

Wir waren uns einig, dass uns der Weihnachtsmarkt am Union Square am besten gefallen hatte, die Riesennussknacker es durchaus wert waren, darüber nachzudenken, sich auch so einen anzuschaffen, und dass die Amerikaner auch beim Schmücken keine halben Sachen machten.

»Trotzdem wirkt aber alles irgendwie gemütlich, oder?«, sagte ich. »Man weiß, dass es auf Konsum ausgerichtet ist. Aber ich fühle mich nicht so.«

Unser Essen kam, Nudeln mit Gemüsesoße für mich, Nudelauflauf für Luis.

Eine Weile aßen wir schweigend und genossen die Aussicht auf die Lichter draußen. Beide. Auch Luis hatte sich wohl von meiner Begeisterung anstecken lassen.

»Das ist wesentlich entspannter als gestern, oder?«, fragte ich, nachdem ich fertig war mit meinen Nudeln.

Jetzt blickte Luis mich wieder seltsam an.

»Was ist?«, fragte ich.

»Ich frage mich immer noch, warum wir nicht einfach locker sein konnten gestern Abend.«

Weil Dinge in meinem Bauch herumflatterten, wenn es zu romantisch wurde?

Oh, Mann! Dieser Gedanke war mir ganz spontan gekommen. Doch es stimmte. Ich wollte nicht darüber nachdenken, aber ich wusste genau, was das bedeutete. Allerdings musste ich mich im Griff behalten und hoffen, dass die aufkeimenden Gefühle nach dem Urlaub wieder abflauten. Doch so genau musste Luis das gar nicht wissen.

»Das war einfach zu viel gestern Abend«, erwiderte ich stattdessen. »Candle-Light-Dinner, Abenddress, Kerzen. Ich finde es so irgendwie normaler. Es hat sich gestern nicht richtig angefühlt.«

Er brummte nur.

Bildete ich mir das ein oder wirkte er unzufrieden mit meiner Antwort?

Quatsch! Er war bestimmt genauso erledigt wie ich und hatte einfach keine flotten Sprüche mehr in der Hinterhand. Oder nette. Die brauchte er auch nicht. Er sollte einfach normal sein, zeigen, wie er war. Alles andere wäre viel zu anstrengend in den nächsten Tagen.

»Hast du noch Lust auf einen Absacker an der Bar?«, fragte ich, um die Stimmung wieder zu heben.

»Ich glaube, ich würde auch ohne gut schlafen, aber natürlich gehe ich mit dir gerne an die Bar.«

Diese Betonung schon wieder! Wurden unsere Abende jetzt immer merkwürdig?

Den ganzen Tag über fühlte sich doch alles ganz normal an. Mochte er keine Dunkelheit?

Doch dann wäre er bei der Tour auch schon merkwürdig gewesen. Fast bereute ich, ihn gefragt zu haben. Der Abend war es nicht wert, weiter in die Länge gezogen zu werden. Schon gar nicht an der Bar. Dahin sollte er vielleicht mal alleine gehen und seine Sorgen beim Barkeeper loswerden.

Nicht, dass ich keine kompetente Gesprächspartnerin war. Aber erstens hatte ich keine Lust, über den vermutlichen Grund seiner schlechten Laune zu sprechen. Das hatten wir ja auch so ausgemacht. Zweitens würde ich alles Anna erzählen müssen. Ich konnte es hinauszögern, musste nicht von mir aus mit dem Thema anfangen. Aber früher oder später würde sie mich direkt danach fragen, was ich wusste, und dann war es vorbei.

- KAPITEL 13 -

Der einzige Gewinner

Ich bestellte mir einen Cosmopolitan, weil ich einen solchen schon immer mal in New York trinken wollte. Das ließ ich mir von Luis auch nicht verderben, obwohl ich kurz in Betracht zog, diesen Punkt auf meiner New York-to-do-Liste zu verschieben.

Luis bestellte einen goldgelben Drink, an dessen Namen ich mich schon gleich danach nicht mehr erinnerte, und nahm einen Schluck.

Ich plapperte ein bisschen von der Bustour, das letzte Thema, bei dem seine Laune noch gut gewesen war. Vielleicht konnten wir daran anknüpfen.

Als ich das dritte Brummen auf eine Frage erntete, reichte es mir.

»Bekommst du von Dunkelheit schlechte Laune?«, fragte ich nun doch.

»Nein, ich bin nur komisch drauf. Außerdem bist du doch diejenige, die Angst vor der Dunkelheit hat.« Er sah mich aus zusammengekniffenen Augen an, aber um seinen Mund spielte ein Grinsen.

»Wie kommst du denn darauf?«

»Du und Anna seid doch einmal ausgebüxt, um im Wald zu schlafen. Dann hattet ihr aber zu viel Angst und seid wieder zurückgekommen.«

Was für ein Themenwechsel! Wie kam er denn jetzt darauf?

»Damals waren wir zehn Jahre alt«, erwiderte ich. »Und ständig hat etwas in den Büschen geknackt.«

»Unsere Eltern waren krank vor Sorge. Meine Mutter war sauer auf mich, weil ich nicht darauf geachtet hatte, dass ihr abgehauen seid.«

»Das wusste ich gar nicht.« Dieser Teil der Geschichte war mir nicht so gut im Gedächtnis geblieben. Warum wir abgehauen waren, wusste ich auch nicht mehr. Aber an das gruselige Gefühl im Wald konnte ich mich sehr gut erinnern.

»Ihr beide habt öfter Blödsinn angestellt.« Luis lachte. »Oft genug habe *ich* dafür die Schuld bekommen.«

»Oh, trägst du mir das wohl nach?«

»Nein, mir wird nur klar, wie lange wir uns eigentlich schon kennen. Im Prinzip sind wir fast zusammen groß geworden. Kommt dir das nicht auch so vor?«

Ich starrte in mein Glas, das nur noch zur Hälfte gefüllt war. Eine andere Erinnerung kam in mir hoch.

»Als ich vom Baumhaus gefallen bin und mir den Arm gebrochen habe, hast du mir aus zwei Ästen eine Schiene gebastelt«, sagte ich.

Luis schlug sich die Hand an die Stirn. »Meine Mutter hat geschimpft, weil ich sie nicht sofort geholt habe, sondern selbst an dir herumgedoktort habe.«

»Stimmt. Du wolltest das unbedingt selbst machen.« Das hatte ich ganz vergessen. Ich war von der Leiter gerutscht und unglücklich gefallen, weil …

»Jetzt weiß ich es wieder«, rief ich. »Ich bin nur gefallen, weil du mich angebrüllt hast. Deshalb habe ich mich so erschreckt, dass ich den Halt verloren habe.«

Er zog die Stirn kraus und wirkte etwas zerknirscht.

»Ich hatte ein furchtbar schlechtes Gewissen. Deshalb habe ich wohl Arzt gespielt. Ich wollte es selbst in Ordnung bringen.«

Jetzt erinnerte ich mich wieder an mehr. »Wolltest du nicht sogar wirklich Arzt werden oder irre ich mich.«

Er presste die Kiefer zusammen. War das ein schwieriges Thema? Hatte Anna je etwas über Luis im Hinblick auf seine Berufswahl erzählt?

»Das ist lange her. Jetzt bin ich Wirtschaftsinformatiker. Super langweilig, wie ich mir sagen lassen habe.«

Ich horchte auf. War das eine Anspielung auf seine Ex-Verlobte Sina?

Wahrscheinlich sollte ich in dieser Wunde nicht rühren, aber er wirkte so niedergeschlagen, dass ich zumindest irgendetwas dazu sagen wollte.

»Du hast gemeint, dass du lieber mit deiner Ex-Verlobten hier wärst«, sagte ich. »Bist du deshalb so … wechselhaft drauf?«

»So habe ich das nicht gesagt«, erwiderte er und schaute in sein Glas, als würde darin die Lösung für all seine Probleme liegen. »Ich wünschte mir eher, dass die Situation eine andere wäre.«

Wie kryptisch! Meinte er, er wollte einfach nicht mit *mir* hier sein? Oder dass er lieber mit Sina hier wäre? Oder gar nicht?

Aber ich wollte nicht danach fragen. Was hätte ich davon?

»Ich hatte auch etwas Romantisches für Weihnachten geplant, weißt du«, erzählte er nun von allein. »Allerdings habe nicht ich das platzen lassen wie dein Ex, sondern sie.«

»Ich weiß nicht, ob du mir so genau erzählen solltest, was zwischen dir und ihr vorgefallen ist. Denn ich kann nicht versprechen, dass ich es gegenüber Anna für mich behalten werde.«

Er nickte. »Das verstehe ich. Sollst du mich immer noch aushorchen?«

»Gibt Anna jemals nach?«

Luis grinste und schüttelte den Kopf. »Aber ich würde es ihr ja irgendwann sowieso erzählen.«

»Ist das die Erlaubnis, Klatsch weiterzutragen?« Ich lächelte, weil er den Kopf hob und mich ansah.

Ein Grinsen umspielte wieder seine Lippen. Plötzlich wirkte er ein bisschen weniger deprimiert.

»Ich werde dir trotzdem lieber keine weiteren Details verraten. Ich möchte nicht über sie sprechen. Das wäre dir gegenüber unfair.«

»Warum?«, fragte ich alarmiert. Ahnte er etwas von dem Herzklopfen, das mich hin und wieder ablenkte, wenn wir zusammen waren?

»Weil ich nicht undankbar sein will. Irgendwie fühlte es sich heute nicht so an wie …« Er verzog den Mund.

»… ein Trostpreis?«, ergänzte ich. »Bist du so an die Reise herangegangen?«

»Vielleicht ein bisschen.«

Mann, er vermisste seine Ex aber wirklich. So sehr ich das verstehen konnte – in diesem Moment wurde mir bewusst, dass es mich wurmte.

Er war mit *mir* hier und sollte sie vergessen.

Hatte er aber nicht gerade auch so etwas Ähnliches gesagt?

»Es tut mir leid, dass ich so brummig bin«, murmelte er.

Ich musste erst schalten, weil ich in Gedanken schon viel zu weit weg von dem war, was er davor gesagt hatte.

»Schon gut. Ist ja nicht so, als hätte *ich* mir das alles so vorgestellt. Ich hätte auch lieber mit Nico all das hier erlebt.«

Warum sagte ich das jetzt? Über diesen Punkt war ich doch längst hinaus. Vielleicht wären Nico und ich geflogen, aber unsere Beziehung hatte doch so oder so keine Zukunft mehr gehabt. Allerdings wollte ich Luis gegenüber nicht so wirken, als wäre ich zu haben, wenn sein Herz noch so fest in der Hand einer anderen war.

»Für mich hat das Ganze nur gute Seiten«, erklärte er. »Genau genommen bin ich sogar der Einzige, der einen Vorteil hat.«

»Warum?«

»Ich erlebe in diesen Tagen etwas, was mir komplett entgangen wäre. Andernfalls wäre ich jetzt zu Hause wie jedes Jahr und würde das gleiche Weihnachten erleben wie die Jahre zuvor. Du hingegen warst für diese Reise bestimmt. Er hat sie für dich gebucht. Aber statt sie mit ihm zu verbringen, musst du mit mir vorliebnehmen. Ich muss dir wie ein Fremdkörper vorkommen. Du erlebst diesen Trip so wie geplant, musst aber auf den Mann deines Herzens verzichten. All das hättest du mit *ihm* erleben sollen.«

Ich hatte das unbestimmte Gefühl, dass er in Wirklichkeit sagen wollte, dass er diese Reise lieber mit seiner Sina verbracht hätte als mit mir. Er hatte es nur geschickt umgedreht. Natürlich wirkte ich wie die Sitzengelassene, die einen Mann mitnehmen musste, der sich förmlich nach einer anderen verzehrte.

Doch ich hatte ja gewusst, worauf ich mich einließ. Kein Grund, sauer auf ihn zu sein.

»Warum bist du nicht einfach über die Feiertage zu deinen Eltern geflogen?«, fragte ich.

»Ist mir zu weit.«

»New York ist jetzt auch nicht um die Ecke.«

»Aber es ist New York. Wie hätte ich mir das entgehen lassen können?!« Er machte eine ausladende Geste, bis er auf mich zeigte.

Wurde ich etwa rot? Oh, nein! Peinlich!

Ein irrsinniger Gedanke ging mir durch den Kopf. Ich stellte mir vor, dass ich diejenige wäre, deretwegen er jetzt schlecht drauf war. Nein, ich hätte ihn nicht so einfach hergegeben.

Mir wurde klar, dass ich diese Reise nicht unvoreingenommen angetreten hatte. Ein kleiner, bescheuerter Teil in mir hatte sich anscheinend mehr erhofft. Jetzt war dieser Teil so enttäuscht, dass er sich in mir empor gekämpft hatte und in mein Bewusstsein drang. Dabei war das völlig dumm.

Dieser Typ brachte mich total durcheinander.

Das lag bestimmt nur an dieser Stadt. Wahrscheinlich wäre ich einfach bereit, mich in jeden Kerl zu verknallen, der gerade in meiner Nähe war, weil um uns herum alles perfekt war. Aber es wäre eben nichts von Dauer. Schöne Feiertage, und das war's. Das konnte ich mir mit dem Bruder meiner besten Freundin auf keinen Fall leisten.

- KAPITEL 14 -

Rockefeller VIPs

Am nächsten Morgen hatte ich mich einigermaßen abgekühlt. Ich holte Luis zum Frühstück ab – er wirkte besser gelaunt – und sprach locker über den bevorstehenden Tag.

Der Punkt, auf den ich mich besonders gefreut hatte, stand an. Das Rockefeller Center. Nico hatte Kombi VIP-Tickets gebucht, die Luis und mir erlaubten, den ganzen Tag eiszulaufen, uns im VIP-Chalet aufzuwärmen und die Aussicht vom Top of the Rock zu genießen.

»Kannst du Schlittschuhlaufen?«, fragte Luis.

Ich brachte vor Aufregung keinen Bissen runter und musste mir das Omelett regelrecht reinzwingen, weil ich sonst spätestens in einer Stunde Hunger bekommen würde.

»Geht so. Und du?«

»Ja, wird schon reichen.«

»Das ist dir jetzt aber nicht auch zu kitschig, oder?«

»Ein bisschen. Aber ich wusste ja, worauf ich mich einlasse.«

»Das wusstest du gestern noch nicht?«

Er zog die Stirn kraus. »Ich habe mir vorgenommen, nicht mehr zu nörgeln. Es ist wirklich toll hier. Habe ich mich schon dafür bedankt, dass du mich mitgenommen hast?«

»Ja, mehrere Male«, brummte ich. »Wäre aber schön, wenn du es auch mal zeigen würdest.«

Luis lächelte mich an, sodass ich gar nicht böse auf ihn sein wollte. »Mach ich. Versprochen.«

***

Die Rockefeller Plaza!

Ich konnte kaum fassen, dass ich das alles hier nun wirklich vor mir sah. Der berühmte Weihnachtsbaum war riesig, mindestens zwanzig Meter hatte ich gelesen, meistens sogar höher, siebeneinhalb Meter breit. Die Lichterkette sollte acht Kilometer lang sein.

Bei Nacht war er bestimmt besonders schön. Bei Tageslicht konnte man nur ahnen, wie die umstehenden Engelsfiguren und Dekorationen im Dunkeln aussehen würden. Aber bereits jetzt wirkte es ziemlich überwältigend.

Unter eben diesem riesigen Weihnachtsbaum lag *The Rink* die Eislaufbahn. Besser gesagt, war es die Atlas-Figur, die unter dem Baum stand, mit den Wasserfontänen. Darunter lag die Eisbahn.

Mit unseren VIP-Tickets kamen wir sofort hinein, liehen je ein Paar Schlittschuhe und stürzten uns ins Geschehen. Da die Anzahl der Leute, die gleichzeitig auf das Eis durften, begrenzt wurde, war es nicht zu überlaufen, und wir drehten gemütlich unsere Runden bei wechselnder Musik, von weihnachtlich bis rockig war alles dabei. Ich bekam das Lächeln nicht aus dem Gesicht, fuhr nur nebenbei auf meinen Kufen, weil ich kaum den Blick von den Dingen um mich herum abwenden konnte. Die Hochhäuser, Leute, die uns aus den Cafés und Restaurants zuschauten, die Atlas-Figur, der Weihnachtsbaum, die vielen Menschen, in deren Gesichtern sich spiegelte, was ich fühlte. Sogar in Luis' Gesicht las ich dieselbe Begeisterung. Immer wieder warfen wir uns Blicke zu und grinsten noch breiter.

Es war überwältigend. Wieder einmal. Ich war so froh, mich für diese Reise entschieden zu haben.

Von seiner Verstimmung oder gar trüben Gedanken war nichts mehr zu spüren. Dieser Tag musste voll und ganz genossen werden.

Wir hatten Zugang zum VIP Chalet neben der Eisbahn und wärmten uns, wie im Prospekt empfohlen, mit heißer Schokolade, Kaffee und Gebäck auf, bevor wir wieder aufs Eis gingen. Als wir genug hatten, schlenderten wir umher, begutachteten den Baum von Nahem, die Engel, einfach alles.

»Zu kitschig?«, fragte ich mit Blick auf einen der großen Engel, der in eine Fanfare blies.

Luis zuckte mit den Schultern. »In meinen Garten würde ich ihn mir nicht stellen. Wenn du mir so einen Engel schenken möchtest, nehme ich ihn aber an.« Er zog die Augenbrauen hoch, als ich ihm einen prüfenden Blick zuwarf.

»Du wolltest doch lieb sein.«

Er schnaubte. »Das habe ich so nie gesagt.« Dann lachte er, was seine Augen wieder zum Strahlen brachte.

Um halb vier war es Zeit für die Aussichtsplattform. Wir mussten mit unseren Tickets nicht warten und fuhren in 43 Sekunden hoch in den 67. Stock. Mein Herz pochte heftig, als ich sah, was auf uns zukam. Wir traten durch eine Tür ins Freie, und direkt unter uns erstreckte sich der Central Park, sichtbar durch eine hohe Glasscheibe.

Wir hatten es rechtzeitig vor dem Sonnenuntergang geschafft, sodass wir noch Zeit hatten, einen guten Platz auszusuchen. Es gab weitere Aussichtsplattformen auf höheren Stockwerken, perfekt zum Fotografieren, sodass ich jede Menge Fotos mit meinem Handy schoss. Im Norden hatte man einen perfekten

Blick auf den Central Park, im Süden lag das Empire State Building, das nun direkt vor uns aufragte, als wir auf der obersten Plattform waren. Dort blieben wir stehen und beobachteten, wie die Sonne den Horizont orange färbte, sich die Stadt langsam verdunkelte und das Sonnenlicht durch viele funkelnde Lichter ersetzt wurde.

»Wow!«, sagte ich leise.

Luis stand dicht neben mir, bewegungslos.

Ich sah unwillkürlich zu ihm. Dieser Anblick musste ihn doch nun wirklich umhauen. Er erwiderte meinen Blick und lächelte. Ganz selbstverständlich legte er seinen Arm um mich, und ich schmiegte mich etwas an ihn. Es fühlte sich ganz natürlich an, obwohl ein kleiner Teil von mir wieder begann, das analysieren zu wollen. Doch nicht jetzt! Dieser Moment gehörte allein uns, keinen Grübeleien.

»Das ist echt der Wahnsinn«, murmelte er.

Das war es.

***

Irgendwann hatten wir uns von dem Anblick losgerissen und fuhren wieder hinunter. Die Plaza sah nun noch sensationeller aus. Der Baum erleuchtete die Umgebung, die Engel erstrahlten in voller Schönheit, die umliegenden Weihnachtslichter funkelten.

Einfach wunderschön.

Ein weiteres Highlight erwartete uns noch an diesem Abend. Wir hatten Karten für das Radio City Christmas Spectacular mit den *Rockettes*. Wir aßen Hot Dogs an einem Stand, weil keine Zeit blieb, uns irgendwo hineinzusetzen, wenn wir die Show nicht verpassen wollten. Doch das war okay. Bei so viel Weihnachtsstimmung um uns herum, störten schnöde Hot Dogs nicht.

- KAPITEL 15 -

Überwältigend?

Allein die Lobby der Radio City Music Hall, die ganz in der Nähe des Rockefeller Center lag, gegenüber von den überdimensionalen roten Kugeln, war schon der Hammer. Ein riesiger Kronleuchter prangte von der Decke. Kränze mit mehr kleinen Lämpchen, als nötig gewesen wären, hingen an den Wänden. Eine Treppe führte links nach oben. Wir mussten durch einige Sicherheitskontrollen und fuhren mit dem Fahrstuhl hinauf.

Von der Atmosphäre her erinnerte mich alles eher an ein Kino. Vor dem Eingang zum Zuschauerraum war ein Verkaufsstand, an dem es Merchandising-Produkte passend zur Show gab. In diesem Moment interessierte mich keines davon. Aber seit ich vor

Jahren *Starlight Express* gesehen hatte, wusste ich, dass sich so etwas im Laufe einer Show ändern und man bis zur Pause vom Skeptiker zum Riesenfan werden konnte. Allerdings war ich nicht skeptisch. Ich hatte schon so viel von dieser Show gehört, dass ich mir nicht vorstellen konnte, dass sie mir nicht gefallen könnte.

Wir saßen oben im Rang. Luis blickte mich an und zog die Augenbrauen hoch. Er schien genauso gespannt zu sein wie ich.

Eine Stimme erklang – dann ging es los.

Es zu beschreiben, wäre sinnlos. Das musste man erlebt haben. Ein Feuerwerk an Glitzer, Tanz, Weihnachtsgesang, Engeln und Glitter. Die hübschen Damen, *The Rockettes*, tanzten in goldenen, hautengen Anzügen oder bunten Kostümen, und es sah einfach sensationell aus. Selbst die Seitenwände des Saals wurden in die Show integriert, indem Weihnachtsbäume darauf projiziert wurden.

Viel zu schnell war es vorbei. Ich konnte nicht sagen, was ich erwartet hatte, und klatschte mechanisch mit dem Rest des Saals mit. Ein Blick zu Luis, und ich wusste, dass er dasselbe dachte wie ich.

Ich lachte, als unsere Blicke sich trafen, und er lachte mit.

Als wir wieder draußen waren und der kalte Wind in unsere Gesichter wehte, sprachen wir zum ersten Mal wieder miteinander. Vielleicht befürchteten wir, einen

Frevel zu begehen, wenn wir in den heiligen Hallen aussprachen, was wir empfanden.

»Das war …«, begann ich und suchte noch nach dem richtigen Wort.

Luis schüttelte den Kopf. »Keine Ahnung, was das war.«

»Hat es dir gefallen?«, stellte ich ihm die Frage, die ich selbst nicht hätte beantworten können.

»Also, es entspricht vielleicht nicht *meiner* Vorstellung von Weihnachten. Ich mag es schon etwas festlicher.«

»Es hatte was«, sagte ich.

»Ich kann nur nicht sagen, was. Mir ist jetzt so gar nicht weihnachtlich zumute. Ich musste an den Film denken, in dem der Nordpol ein Vergnügungspark ist und die Elfen eine Show aufführen müssen.«

»Ja, den kenne ich auch. Stimmt.«

»Worauf einigen wir uns? War das gut oder schlecht?«

»Überwältigend?«, schlug ich vor.

Luis nickte. »Was machen wir, um uns wieder runterzubringen?«

»Gemütliches Eislaufen hatten wir schon. Im Hotel bekommst du schlechte Laune …« Ich machte eine Pause, um seine Reaktion abzuwarten. Tatsächlich wirkte er ein bisschen schuldbewusst, schwieg aber. »Wir könnten einen Weihnachtsfilm schauen.«

»Bei dir oder bei mir?«, fragte er.

Völlig schwer von Begriff machte ich: »Hä?«

»Na, im Hotel. In wessen Zimmer wollen wir schauen? Bei mir?«

Zum Glück hatte die Kälte mein Gesicht sowieso schon rosa eingefärbt, sonst wäre ich jetzt schlagartig farbig angelaufen.

»Bei dir im Zimmer? Ich hatte gedacht, dass es hier irgendwo vielleicht ein Kino gibt, das einen Film zeigt.«

Luis runzelte die Stirn. »Du siehst mich an, als hätte ich dir einen One Night Stand vorgeschlagen. Ist doch nichts dabei, wenn wir im Hotel auf meinem Zimmer einen Film schauen.«

Bestimmt war ich nun dunkelrot. Auch ein bisschen, weil ich etwas sauer wurde.

Warum sagte er das so locker? Natürlich hatte ich gleich Bilder im Kopf, wenn ich an uns beide auf seinem Bett dachte. Er anscheinend nicht, sonst würde er das nicht so abtun. Und es störte mich tatsächlich.

»Natürlich ist nichts dabei«, sagte ich schnell, um die Situation doch noch zu retten. »Ich muss mich nur innerlich umstellen.«

»In meinem Zimmer ist es viel bequemer. Wir bestellen uns etwas rauf und machen es uns gemütlich. Der Tag war anstrengend.«

Ja, das war er. Aufregend wurde er vielleicht auch noch.

***

Es blieb völlig harmlos. Beinahe wenigstens.

Wir orderten Sandwiches und schauten einen witzigen Weihnachtsfilm, den wir ausliehen. Ich hatte extra darauf geachtet, dass es kein Liebesfilm war. Mein Englisch reichte zum Glück, um alles zu verstehen, und wir amüsierten uns.

Tatsächlich fläzten wir irgendwann nebeneinander auf seinem Bett. Und dann gab es da diesen Augenblick. Wir lachten über eine lustige Stelle im Film und sahen uns an. Eine Sekunde, zwei. Seine Lippen bewegten sich, als wollte er etwas sagen, während ich ihn nur anstarrte. Diese Augen, die hübsche Nase, der volle Mund …

Plötzlich richtete er sich auf und wandte sich von mir ab.

Eine Zeitlang war es komisch, aber irgendwann lehnte er sich wieder zurück – ein Stück weiter von mir entfernt, als vorhin – und lachte wieder mit mir zusammen.

Als der Film zu Ende war, verabschiedete ich mich auch schnell, um uns nicht wieder in so eine Situation und ihn nicht auf falsche Gedanken zu bringen. Falsch in dem Sinne, dass ich auf mehr aus war. Wenn er es aber auch wäre …

Nein, war er nicht.

Es war einfach dieser Tag. Er war unglaublich gewesen.

Mein Herzklopfen in Luis' Gegenwart war in den letzten Stunden ziemlich heftig geworden. Das konnte ich kaum mehr ignorieren. Er war Annas Bruder. Ich durfte nicht einfach etwas mit ihm anfangen.

Es gab Momente wie vorhin, in denen ich schwören konnte, dass es ihm ging wie mir. Warum legte er immer wieder seinen Arm um mich und tat so vertraut? Ob er ahnte, welche Wirkung er auf mich hatte?

Er war doch nicht der Typ, der so etwas ausnutzte, oder?

Vielleicht wollte ich das nur glauben und vertraute ihm zu sehr, weil er Annas Bruder war und ich mir nicht vorstellen konnte, dass er mich verletzen würde.

Doch ich hatte ihn nicht gerade als Aufreißer in Erinnerung. Zu Schulzeiten war er bei den Mädchen zwar sehr beliebt gewesen. Reihenweise umschwärmten sie ihn, während er aber nur hin und wieder eine Kurzzeitfreundin hatte.

Wirkte er eventuell gerade deshalb so vertraut, weil er Annas Bruder war? Vieles an ihm erinnerte mich an sie, auch wenn sie in etlichen Dingen grundverschieden waren. Er war eben nicht Anna, meine Freundin, der ich alles erzählen konnte – außer vielleicht, dass ihr Bruder inzwischen mein Herz zum Galoppieren brachte.

Was würde dann passieren?

Anna hatte sich gut mit Sina verstanden. Es war absurd, dass ich etwas mit ihm anfing. Wie konnte das nach dieser Reise weitergehen? Gar nicht. Also ließ ich besser die Finger davon.

- KAPITEL 16 -

Schaufensterbummel

Die Nacht brachte diesmal nicht wirklich Abkühlung für meine Gefühle. Ich lag ab um halb sechs Uhr früh wach und wälzte mich umher. Mir ging es nicht schlecht. Es war einfach meine innere Unruhe, die mich nicht wieder einschlafen ließ. Wenn ich mich nicht endlich zusammenriss, würde ich noch platzen.

Ich war in New York und fest entschlossen, mir durch nichts und niemanden die Zeit hier vermiesen zu lassen. Luis verursachte gerade so viel Herzklopfen, dass dieser Trip etwas Romantisches hatte. Das sollte ich genießen und alles, was darüber hinausging, von mir fernhalten.

Mein Handy summte. Eine Nachricht von Anna. Wenn ich sie mir ansah, würde sie sofort merken, dass ich schon wach war.

Was hast du mit Luis gemacht?, stand in der Vorschau.

Mann, jetzt war ich neugierig. Was meinte sie? Hatten die beiden gestern Abend noch miteinander gesprochen?

Ich tippte die Nachricht nun doch an.

Er hat mir das hier geschickt, ging es weiter.

Darüber war ein Foto des Weihnachtsbaums am Rockefeller Center mit einem Herz als Kommentar.

Was hatte ich denn erwartet?

Der Baum ist wirklich sehr beeindruckend, schrieb ich wenig einfallsreich zurück. *Heute machen wir einen Einkaufsbummel. Wer weiß, ob der ihm auch so gut gefällt?*

***

Anna antwortete erst, als ich zum Frühstück gehen wollte.

Viel Spaß! Zwinkersmiley.

Sie konnte nichts dafür, dass es zweideutig klang. Bestimmt gab sie mir einfach nur recht – Luis würde sich schrecklich langweilen bei der sogenannten Shoppingtour. Der Tag gestern war so wundervoll und perfekt gewesen. Obwohl ich mich sehr darauf freute, das Weihnachtswunderland bei Macy's zu bewundern, so bezweifelte ich doch, dass Luis das ebenso genießen würde wie unseren gestrigen Tag.

Zumindest begann er heute mit guter Laune.

Beim Frühstück war Luis fröhlich und plauderte drauflos, über gestern, das Schlittschuhlaufen und, dass er das zu Hause auch wieder öfter tun wollte. Regelrecht redselig für seine Verhältnisse.

Doch seine gute Stimmung steckte an, sodass ich mich genauso gutgelaunt mit ihm auf den Weg machte, die Schaufenster und Läden Manhattans zu erkunden. Die Tour war als Eigenerkundung ausgelegt. Nico hatte keinen Führer gebucht, sondern nur eine Route festgelegt. Aber warum sollten wir uns nicht an den Plan halten? Ich hatte jedenfalls große Lust, mir die tollen Schaufenster anzuschauen. Ob ich etwas kaufen würde, wusste ich noch nicht.

Es begann wenig spektakulär. Wir liefen die Fifth Avenue ab der 42. Straße entlang und kamen vorbei an Glasschaufenstern, Straßenhändlern und Spendensammlern. Die Schaufenster wirkten nicht besonders geschmückt, wenn man von kleinen Weihnachtsbäumen und Kunstschnee absah. Es waren außer uns natürlich noch viele, viele andere Menschen unterwegs. Etliche hatten ihre Handys gezückt und hielten alles auf Video fest.

Es folgten Andenkenshops, weitere Straßenhändler, überdimensionale Hot Dog-Stände und weitere Spendensammler. Doch die wirkten immer besser gelaunt, je näher wir dem Central Park kamen. Wir liefen auf der linken Straßenseite und schauten mal links und mal rechts.

Ich weiß nicht, was genau ich erwartet hatte, immerhin war es helllichter Tag. Von Beleuchtung war natürlich nicht viel zu sehen.

»Heute Abend fahren wir hier noch einmal lang«, erklärte ich. »Vielleicht sieht es dann schöner aus.«

»Es ist doch schön. Wir sind in New York. Lass uns einfach genießen, dass wir in der Vorweihnachtszeit über die Fifth Avenue schlendern. Es kommt noch das Rockefeller Center, der Trump Tower …«

Ich blieb abrupt stehen, sodass der Mann hinter mir beinahe in mich hineingelaufen wäre. Doch ich achtete nicht auf ihn.

»Wer sind Sie und was haben Sie mit Luis gemacht?«, fragte ich wenig originell und ärgerte mich sofort darüber. Jetzt war er mal gutgelaunt, und ich musste ihn wieder daran erinnern, dass er eigentlich mies drauf sein sollte.

Doch er lachte – und legte ohne Vorwarnung die Arme um mich, wirbelte mich einmal herum, bevor er mich wieder losließ.

»Es hat eindeutig etwas mit den Tageszeiten zu tun«, stellte ich fest. Hoffentlich hörte er mein Herzklopfen nicht!

Doch Luis schüttelte nur den Kopf und zog mich weiter.

Jetzt wurde es interessant. Wir kamen zu älteren Gebäuden, deren Fassaden sehr weihnachtlich geschmückt waren.

Am schönsten war das Kaufhaus Sak´s, das selbst im Tageslicht weihnachtlich erstrahlte. Die Fenster unten wirkten wie mit Gardinen verziert. Darüber konnte man flache Türmchen erkennen, als sei ein zweidimensionales Schloss auf die Fassade geklebt worden. Wir hatten gestern schon einen kurzen Blick darauf geworfen, aber jetzt blieben wir länger davor stehen, um jedes Detail zu betrachten.

Dahinter leuchtete die neugotische Kathedrale von Saint Patrick, als sei sie dort inmitten der modernen Häuser vergessen worden.

Wir schauten nach links auf die *Rockefeller Plaza*, auf der wir gestern viel Zeit verbracht hatten. Dies hier war nun genau die Fotoperspektive. Vorne die Engel, die den Weihnachtsbaum ganz am Ende mit Fanfaren anbliesen.

Es kamen Schaufenster, die Krippenszenen zeigten, ein Schuhladen mit einer Tür, über der kleine goldene Figuren hingen. Leider wurde es hier etwas drängeliger, was auch daran lag, dass der Bürgersteig mit Riesenblumentöpfen bestanden war, wie eine Art Begrenzung zur Straße. Vorbei ging es an der Prometheus-Statue an der Lower Plaza, einen Unterwäscheladen, der etwas mehr dekoriert war, den ich aber nicht wagte, genauer zu begutachten angesichts meiner Begleitung.

Gegenüber kamen wieder Geschäfte mit Schmuck an den Fassaden aus Geschenkschleifen und Fahnen.

Links stand eine weitere Kirche, die Saint Thomas Church, ebenfalls aus der Zeit gefallen. Eine breite Treppe führte zum Haupteingang.

Die gesamte Gegend wirkte älter und etwas festlicher. So kam es meinen Vorstellungen schon näher. Weihnachtlich geschmückte Fassaden und dezente Weihnachtsmusik. Das gefiel mir.

Nun standen weniger große Blumentöpfe mit weihnachtlichen Pflanzen am Rand des Bürgersteigs. Die Schaufenster steigerten sich noch einmal. Jedes hatte ein anderes Thema und erzählte eine Geschichte.

Hin und wieder tauschten Luis und ich Blicke, grinsten uns an, und ich wusste, dass es ihm genauso gefiel wie mir. Ab und zu blieben wir stehen, um ein Foto zu machen.

Eine weitere Kirche aus dunkleren Steinen ragte vor uns auf. Dahinter kamen besonders aufwändig dekorierte Schaufenster, und gegenüber bot sich ein guter Blick auf das Gucci-Building mit seinen kubusartig angeordneten Gebäudeteilen.

Wir wechselten die Straßenseite und betrachteten hier das Schaufenster genauer. Festtagsmode und Lampenketten, die von oben herabhingen.

Ich seufzte. »So eine große Weihnachtsparty ist bestimmt toll.«

»Ich mag es gemütlicher«, erwiderte Luis, ohne den Blick von einem tief ausgeschnittenen Abendkleid zu nehmen, den eine der Schaufensterpuppen trug. So ein Zufall, dass sie meine Haarfarbe hatte!

Langsam ging ich weiter und zog mir die weiße Mütze tiefer in die Stirn, damit meine Gesichtsfarbe meine

Gedanken nicht verriet. Natürlich stellte er sich nicht vor, wie ich darin aussehen würde!

Luis folgte mir, und wir ließen die Festtagsmode hinter uns.

Danach kam der Trump Tower, vor dem zwei übergroße Zinnsoldaten auf Podesten in Fanfaren stießen. Hier gingen wir hinein. Allerdings nur kurz. Ich hatte schon vorher gelesen, dass man erst an der Security vorbeimusste, um in das Café oder zum Weihnachtsmann zu kommen. Das war mir zu umständlich.

Wieder wechselten wir die Straßenseite. Erst von hier aus erkannte ich *Tiffany's*, wunderschön leuchtend direkt gegenüber. Die Weihnachtsdeko wirkte an den alten Gebäuden noch edler. Meist bestand sie aus zu Girlanden gewundenen Tannenzweigen oder Imitaten, die die Fenster umrahmten.

Besonders schön waren die Schaufenster des *Bergdorf Goodman*. Jedes war in einer anderen Farbe gehalten und zeigte eine weihnachtliche Szene. Manche Fenster erstrahlten in Blau und Weiß, andere in Brauntönen oder Grün und Rot.

Es dauerte eine Weile, bis wir uns sattgesehen hatten. Ständig entdeckte ich neue Details oder lief zu einem vorigen Schaufenster zurück, weil mir ein Gedanke gekommen war.

»Möchtest du das für deine Wohnzimmerfenster?«, fragte Luis.

»Ja, aber nur, wenn du sie gestaltest.«

Luis lachte. »War das eine Einladung?«

Ich schnaubte. »Brauchst du extra eine?« Ihn anzusehen, wagte ich nicht. Es war freundschaftliches Geplänkel für ihn, das wusste ich. Aber vielleicht würde er in meinem Gesicht lesen, dass es das für mich nicht war.

Doch er sagte nichts mehr dazu, und ich wollte das Thema lieber nicht vertiefen.

Inzwischen konnten wir den Central Park sehen, der links voraus auf der anderen Straßenseite lag. Der Wegbeschreibung folgend, schlugen wir einen großen Bogen über die Querstraße, dann wieder über die Straße nach links zum Plaza Hotel. Riesige Weihnachtskränze hingen in den Fenstern, Leute standen an, um wohl den Weihnachtsbaum zu bewundern, den man durch die offene Tür bereits erkennen konnte.

»Sollen wir uns auch anstellen?«, fragte Luis.

Ich kämpfe mit mir. Es war sehr kalt, und die Schlange sehr lang. Außerdem widerstrebte es mir, so aufdringlich in eine Hotelhalle zu gehen, nur weil sie in einem Film vorkam.

»Ehrlich gesagt, ist das einer der Weihnachtsfilme, die ich nie geschaut habe«, erklärte ich. »Wir haben ja einen kurzen Blick auf den Baum erhaschen können. Ich denke, das reicht. Lass uns lieber zu Macy's gehen.«

»Ich dachte, du hast dir auf dem Herweg erst nur die Läden ausgesucht, die du dann stürmen willst.« Luis grinste. »Jetzt willst du in keinen anderen?«

»Eigentlich nicht. Aber wenn du mich als dein Alibi brauchst …« Ich zuckte mit den Schultern und blickte ihn herausfordernd an.

Luis hakte sich bei mir unter. »Auf zu Macy's! Aber zuerst essen wir etwas.«

- KAPITEL 17 -

Überall Santas

Wir gingen in die Plaza Shops und fuhren mit der Rolltreppe ins Untergeschoss zur Food Hall. Es war sehr voll, die Essensauswahl unendlich. Wir entschieden uns für gebratene Nudeln und machten, dass wir dort wieder wegkamen.

Natürlich war es zu weit, um zu Macy's zu laufen. Deshalb nahmen wir ein Taxi. Wir hatten eine Reservierung für das Santa Land, damit wir nicht anstehen mussten, aber es war noch etwas Zeit.

Von außen wirkte es gar nicht so spektakulär, wenn man von dem riesigen Schild absah, auf dem Macy's stand. Doch dann hielten wir uns rechts und entdeckten die andere Seite des Gebäudes. Schon von Weitem erkannte man die geschmückten Schaufenster.

Musik tönte uns entgegen. Lichterketten auf Tannenzweigen umrahmten die Fenster. Aus dem ersten winkten uns ein dicker Weihnachtsmann und zwei Weihnachtselfen zu. Erst bei näherem Hinsehen erkannte ich …

»Das sind Luftballons«, sagte Luis.

Tatsächlich. Sie schwebten vor einem weihnachtlich geschmückten Haus auf und ab.

»Vielleicht gibt es die da drinnen«, erwiderte ich mehr zum Spaß.

Doch Luis blickte mich so entgeistert an, dass ich darauf beharrte.

»Wir bleiben solange, bis wir sie gefunden haben«, drohte ich und ging weiter.

Im nächsten Fenster standen kleine Weihnachtsmänner auf einer Art bunten Spirale, einer Treppe, die sich drehte, umrahmt von Lichterkonturen. Jeder hielt einen Geschenkesack, aber immer auf unterschiedliche Weise.

»Die hätten gut zu deiner Santa-Sammlung gepasst«, kommentierte Luis.

»Du hast recht. Aber warum hätten?« Ich grinste, weil es mir langsam Spaß machte, ihn zu schocken.

Doch diesmal grinste er zurück. »Du hast die schon auf deiner Einkaufsliste, oder?«

Ich nickte.

Luis schüttelte den Kopf und seufzte.

»Was?«, fragte ich.

»Ich hätte nie gedacht, dass diese plumpe Werbung bei dir wirkt.« Er warf mir von der Seite einen Blick zu und lauerte wohl auf meine Reaktion.

Ich seufzte übertrieben. »Auf so eine schöne Werbung falle ich gern herein.«

Dann ging ich weiter zum dritten Fenster. Dort schlief ein Drache. Na gut, es sollte wohl ein Hund sein. Aber er erinnerte mich an einen.

»Okay, hier bin ich raus«, gab ich zu. »Einen Drachen brauche ich nicht.«

»Einen Drachen?«

»Fuchur.«

»Der aus *Die unendliche Geschichte*?«

Ich drehte mich zu ihm. »Ja, hast du das Buch auch gelesen?« In diesem Moment fiel mir ein, woher ich das Buch hatte. »Anna hat es mir geschenkt.«

»Es war genau genommen meins.«

»Aber Anna hat es mir geschenkt«, wiederholte ich.

Luis schnaubte und grinste dann. »Sie hat immer behauptet, sie hätte es verloren.«

»Stimmt das wirklich?« Er veräppelte mich doch nur.

»Jetzt schau nicht so. Es ist nur ein Buch. Ich habe längst Ersatz besorgt.«

»Hat es dir so sehr gefallen?«

Er zuckte mit den Schultern. »Als ich jünger war.«

»Dann also danke!« Ich deutete mit dem Kopf wieder zum Fenster. »Und? Ist das Fuchur?«

Luis wiegte den Kopf hin und her. »Zumindest sieht er aus wie der Drache in dem alten Film.«

»Bloß das Rentiergeweih aus Glas ist falsch.«

Luis lachte. »Lass uns endlich reingehen.« Er nahm meine Hand und zog mich zu dem Eingang, vor dem wir direkt standen.

Doch ich machte mich los.

»Da oben ist auch noch Deko«, sagte ich und wies auf das Dach über dem Eingang. Dort standen überdimensionale Geschenke hinter einem weiteren Santa.

Luis runzelte die Stirn und wirkte etwas ungeduldig.

»Da sind noch mehr Schaufenster«, rief ich etwas zu euphorisch und lief am Eingang vorbei auf die andere Seite.

In diesem Fenster lagen viele Geschenke in einem blauen Raum, das Innere eines magischen Trucks, aus dem sie mithilfe eines Greifarms verteilt wurden. Jetzt erst fiel mir auf, dass unten am Fenster eine Art Geschichte stand über Santa Girl. Aber ich hatte keine Lust, zurückzugehen, um sie von vorne zu lesen.

Am nächsten Fenster war ein Lenkrad. Die Szene zeigte wohl den Truck von oben, wie er an Häusern vorüberfuhr und sie mit Wünschen für Frieden erhellte, wie die Schrift darunter verriet.

Aus dem letzten Fenster grüßte wieder Santa heraus. Die Szene wirkte wie ein Flipper von oben. Orange, Pink, Lila und Blau waren die dominierenden Farben.

Doch die Zylinder, die hervorstanden, und in unsere Richtung zeigten, waren Kaleidoskope. Ich warf in jedes einen kurzen Blick, aber leider standen so viele Leute hier, dass ich keine Ruhe dabei hatte.

»Können wir?«, fragte Luis ganz dicht neben mir, sodass ich zusammenzuckte.

Ich schaute gerade in ein Kaleidoskop, das auf Bauchhöhe war.

Er hatte sich zu mir heruntergebeugt, und unsere Nasenspitzen berührten sich fast, als ich ihn ansah.

»Ja«, sagte er gedehnt. »Ich bin noch da.«

Ich richtete mich auf. »Das klang jetzt irgendwie gruselig.«

»Gut. Dann bist du jetzt fertig?«

»Warum drängelst du so?«

»Mir ist ein bisschen kalt. Außerdem muss ich dich jetzt schon etwas antreiben, denn wer weiß, ob du dich von all der Deko da drinnen losreißen kannst, damit wir pünktlich zum Santa Land kommen.«

Da hatte er recht.

Wir betraten Macy's durch den Eckeingang, bei dem wir nun angekommen waren.

Sofort leuchteten uns Lichtergirlanden von der Decke entgegen und eine Riesenkugel, in der ein Haus war und Figuren sowie Geschenke davor.

Dass es hier auch Handtaschen zu kaufen gab, nahm ich nur am Rande wahr.

Die Girlanden sollten wohl das Geäst eines Baums darstellen, denn neben uns ragten jetzt Baumstämme auf, an denen Plüscheichhörnchen saßen oder hingen, die mit den Schwänzen zuckten.

Wir gingen unter Dutzenden Silberkugeln hindurch und weiteren Kugeln, in denen Weihnachtsszenen abgebildet waren.

Es gab einen Lamettabogen, der vermutlich zur Parfümabteilung führte, und daneben einen Zugang zur Rolltreppe in Form eines Weihnachtshauseingangs.

Hoch ging es in die achte Etage, wo das Santa Land war. Es wirkte tatsächlich, als wären wir im Dorf des Weihnachtsmannes gelandet. Hauskulissen waren aufgebaut, Eisenbahnen, groß und klein, und in Fenstern wurden weihnachtliche Szenen gezeigt wie zum Beispiel das Postamt, in dem die Briefe der Kinder eingingen. Schweinchen tanzten in Spitzenröckchen, Eisbären schmückten Weihnachtsbäume, von denen es jede Menge gab. Dazwischen liefen als Elfen verkleidete Erwachsene herum und unterhielten die Kinder.

Plötzlich saß er da an einer Ecke. Santa Claus. Nicht aus Glas, Ton oder als mit Helium gefüllter Luftballon. Der echte. Na ja, irgendwie. Kinder warteten vor ihm, um sich auf seinen Schoß zu setzen, ihre Wünsche zu erzählen und ein Foto machen zu lassen.

Luis sah mich fragend an.

»Ich kann mich gerade noch beherrschen«, beantwortete ich die ungestellte Frage.

»Schade. Das Foto hätte ich Anna geschickt.«

Ich blickte ihn aus zusammengekniffenen Augen an, dann zu Santa. Plötzlich war er frei und sah genau zu mir, dann winkte er.

Das war doch nicht sein Ernst!

Doch ganz automatisch ging ich zu ihm, an einigen Kindern vorbei, die wohl dasselbe Ziel hatten. Aber meine Entscheidung stand fest.

Santa grinste mich an, und ich setzte mich wirklich zu ihm auf den Schoß.

Dann fragte er, was ich mir wünschte. Ich fing Luis Blick auf, der mit seinem Handy ein Foto schoss. Dann flüsterte ich Santa meinen Wunsch ins Ohr: »Ihn dort.«

Santa folgte meinem Blick und winkte Luis zu.

»Dein Wunsch geht bestimmt in Erfüllung.«

Na, hoffentlich!

Ich erstand natürlich auch noch das offizielle Foto und hielt es stolz in meinen Händen.

»Was hast du dir gewünscht?«, fragte Luis.

»Das darf ich doch nicht verraten, sonst geht es nicht in Erfüllung.«

»Das ist bloß beim Kerzenausblasen am Geburtstag so. Verrate es mir.«

»Nein, das ist zu wichtig, um nicht in Erfüllung zu gehen. Ich möchte nichts riskieren.«

»Jetzt bin ich aber neugierig. Hat es mit einem Mann zu tun?«

Ich blieb abrupt stehen und sah ihn direkt an. »Ja.«

Er blickte verdutzt zurück, seine türkisfarbenen Augen funkelten in dem Leuchten um uns herum.

»Aber nicht das, was du denkst«, ergänzte ich dann.

»Du weißt doch gar nicht, was ich denke«, murmelte er.

Ich lächelte und nahm nun *seine* Hand. »Los jetzt! Ich will zur Holiday Lane.«

Die Holiday Lane war nur eine Etage tiefer – und es war das Deko-Wunderland. Der absolute Dekotraum.

»Genauso würde ich meine Wohnung auch mal gerne schmücken«, erklärte ich.

»Ist das nicht ein bisschen viel?«

Ich lachte nur und stürzte mich hinein ins Vergnügen.

Hätte ich nicht schon so viel Deko auf dem Weihnachtsmarkt gekauft, dann hätte ich mich spätestens hier nicht zurückhalten können. Dicht an dicht warteten Anhänger in weihnachtlichen Farben darauf, an einen Baum gehängt zu werden.

Für jeden Geschmack war etwas dabei, Sterne in allen Farben, Kugeln, New Yorker Wahrzeichen. Herrlich!

- KAPITEL 18 -

Ich mag wieder Schnee

Als wir nach draußen kamen, dämmerte es schon. Vor uns ragte das Empire State Building auf. Im oberen Teil blau, weiß und rot erleuchtet.

»Wow! Das habe ich vorhin gar nicht gesehen.« Ich machte ein Handyfoto.

Wir schlenderten weiter um das Gebäude herum und entdeckten weitere Schaufenster von Macy's. Hier fing die Geschichte wohl an. Puppen stellten Szenen dar. Aber ich war bereits übersättigt.

»Vor der Lichtertour sollten wir wieder etwas runterkommen vom Dekohimmel«, sagte ich.

»Dann lass uns doch einen Kaffee trinken.«

Es fing an zu schneien. Das erste Mal, seit wir hier waren. Zwar lag noch genügend Schnee, aber es war durchaus Zeit für frischen.

»Was ist?«, fragte Luis, weil ich stehengeblieben war.

Ich hob meine Hand und sah zu, wie eine einzelne Schneeflocke auf meinem Handschuh landete, sofort schmolz und einen schwarzen Fleck auf dem grauen Stoff hinterließ.

In diesem Moment wurde mir bewusst, dass etwas anders war. Anders als auf dem Weihnachtsmarkt mit Anna. Das war erst zwei Wochen her und trotzdem unfassbar weit weg.

Einsam und verlassen hatte ich mich gefühlt, die einzelne Schneeflocke damals wollte mich verhöhnen. So hatte ich es empfunden. Diese hier, die nur noch Wasser auf meinem Handschuh war, schien auch mehr zu sein, als auf den ersten Blick erkennbar war. Ein Zeichen. Hoffnung. Darauf, irgendwann wieder glücklich sein zu können. Doch das stimmte so nicht. Ich war bereits glücklich. Auf eine andere Weise vielleicht. Aber es ging mir besser. Das Gefühl, etwas verloren zu haben, war weg. Ich war bereit, wieder etwas zu gewinnen. So bereit, dass ich es mir von Santa gewünscht hatte. Oh, Mann! Was hatte ich mir nur dabei gedacht?

Aber es war ja nicht der echte Weihnachtsmann gewesen.

Komisch, was man alles in eine Schneeflocke hineininterpretieren konnte, wenn man es nur wollte. Aber noch traute ich mich nicht, eine weitere mit meinem Gesicht zu fangen. So weit war ich noch nicht.

»Nichts«, erwiderte ich.

Luis hatte mich aufmerksam beobachtet. Er ahnte sicher nichts von meinen Gedanken, aber irgendwie schien er zu verstehen. Denn er lächelte mich an und legte seinen Arm um mich.

»Du magst also Schnee«, sagte er, und ich nickte nur.

***

Wir fanden ein gut besuchtes Café und ergatterten tatsächlich einen Tisch. Ich fühlte mich immer noch richtig gut. Leichter. Vielleicht kam ich aber auch einfach nur wieder zu Verstand. Luis hatte sich heute nicht anmerken lassen, wie der gestrige Tag auf ihn nachwirkte. Also sollte ich das auch abhaken.

Allerdings war er es, der das Thema darauf brachte. Zumindest im weitesten Sinn.

»Ich bin so froh, dass du mitgekommen bist und ich das hier nicht verpassen musste«, erklärte ich und schlürfte an meinem Cappuccino, ein völlig unweihnachtliches Getränk zur Abwechslung mal.

»Du hast aber gesagt, du wärst lieber mit *ihm* hier.«

»Was?« Ach ja! »Du meinst Nico.« Natürlich! Wen denn sonst? Warum hatte ich das gesagt? »Das meinte ich eher im übertragenen Sinn. Ich will ihn nicht zurück. In einer perfekten Welt wäre er nicht gegangen, sondern bei mir geblieben. Ist er aber nicht.«

»Schön doof.« Er blickte mich an – fast lieb, zärtlich. Das war wohl eher Wunschdenken.

»Was ist mit dir?«, fragte ich mit etwas zu hoher Stimme. Er brachte mich aus dem Konzept. »Du wärst also nicht lieber mit deiner Ex-Verlobten hier?«

»Genau.«

Ich hatte mich bisher nicht getraut, noch einmal so direkt zu fragen. Aber jetzt spulte ich das Gespräch von vor ein paar Tagen noch einmal ab. Es stimmte. Ich war es gewesen, die unterstellt hatte, dass wir beide lieber mit unseren Verflossenen zusammen wären. Er hatte nicht direkt darauf geantwortet, weder zugestimmt, noch es abgestritten. Gestern genauso.

»Weißt du, dass ich mal in dich verknallt war?«, fragte er ohne weitere Überleitung.

»Bitte, was?«

Luis nickte.

Ach ja?

»Wann denn?«

»Da war ich vielleicht fünfzehn und du zwölf.« Er lachte. »Aber du hast mich nicht beachtet.«

»Wusste Anna davon?«

»Vielleicht hat sie was geahnt. Warum?«

»Weil sie damals ständig versucht hat, mich mit dir zu verkuppeln. Aber ich hatte kein Interesse.« Jetzt aber schon.

Er runzelte die Stirn.

»Das stört dich doch nicht ernsthaft!« Ich lachte. »Mit zwölf hatte ich andere Dinge im Kopf als Jungs.« Sollte ich oder sollte ich nicht? »Drei Jahre später hätte es anders ausgesehen«, murmelte ich in meine Tasse und nahm einen weiteren Schluck.

»Wirklich?«

Ich nickte heftig. »Schlechtes Timing.«

Er schwieg. Ob er dasselbe dachte wie ich: War das Timing jetzt perfekt?

Über Nico war ich hinweg. Von meiner Seite aus sprach nichts dagegen, mich neu zu verlieben. Aber Luis war bis vor Kurzem noch verlobt gewesen. Das war definitiv zu früh.

Also doch wieder kein passendes Timing.

»Wenn ich nicht frisch getrennt wäre, wäre ich nicht hier, sondern hätte andere Weihnachtspläne«, erklärte Luis.

Das war ja richtig unheimlich. Ahnte er, was ich dachte. Oder lag die Betonung auf *frisch getrennt* im Sinne von *nicht interessiert*?

Aber das konnte ich schlecht fragen. Dann wüsste er sofort, wie es in mir aussah. Nein, das musste er nicht wissen. Nach New York würde ich mich wieder zur Vernunft bringen, was leicht werden würde, weil wir uns nicht regelmäßig über den Weg liefen.

Im März war Annas Geburtstag, die erste Gelegenheit für ein Wiedersehen mit Luis. Bis dahin waren meine Gefühle längst vergessen, und wir würden nur noch über unsere tollen gemeinsamen Tage in New York sprechen.

Egal, was ich mir vom Weihnachtsmann gewünscht hatte.

- KAPITEL 19 -

Ich sehe nur noch Weihnachtslichter

Nach dem Kaffee hatte ich richtig Lust auf die Busfahrt, die sich Lichtertour nannte.

»Merkwürdig, dass Nico diese Tour gebucht hat«, sagte ich zu Luis. »Es ist einiges dabei, was wir schon gesehen haben.«

»Eventuell, weil du nicht genug davon kriegen kannst?«

»Mag sein. Oder vielleicht hat er den Trip gebucht, um mir Weihnachten abzugewöhnen. Overkill sozusagen.«

»Wäre das überhaupt möglich? Könntest du dir jemals Weihnachten abgewöhnen?«

Ich drehte ihm langsam mein Gesicht zu und sah ihn an, als hätte er mich gefragt, ob ich mit dem Fallschirm vom Empire State Building springen würde. Dann grinste ich. »Nee, auf keinen Fall.«

»Willst du noch mehr?«

»Und ob!«

Wir stiegen gemeinsam mit etwa zehn weiteren Touristen in den Bus in der Nähe vom Time Square, und bald verstand ich, warum diese Tour toll werden würde. Einen Teil der Strecke hatten wir am Vormittag bereits zu Fuß absolviert. Allerdings sah es im Dunkeln ganz anders aus. Die Lichter leuchteten und tauchten die Schaufensterauslagen in fröhliche, festliche oder geheimnisvolle Farben.

So viel musste ich Nico lassen – er hatte sich etwas dabei gedacht, als er das zusammenstellte. Schade, dass er während unserer Beziehung nie so viel Sinn für Planung gezeigt hatte.

Wir begannen mit dem Times Square und bestaunten die extravaganten Lichteffekte. Mehr Neon pro Quadratfuß als irgendwo sonst auf der Welt, erklärte der Führer, ein junger witziger Amerikaner, der fast ohne Unterbrechung quasselte.

Es ging weiter in die Fifth Avenue, zum Rockefeller Center. Dort hielten wir wieder, stiegen aus und sahen in voller Pracht den wunderschönen Weihnachtsbaum.

Am beeindruckendsten war aber das, was sich gegenüber abspielte: Die Show von Sak's. Das, was bei Tag wie ein zweidimensionales Schloss wirkte, das auf die Fassade geklebt worden war, erwachte nun zum

Leben. Musik erklang, erst *New York, New York*, dann Lieder aus einem Disney-Musical, und passend dazu, leuchteten die Türmchen, Schneeflocken und sonstigen Lämpchen.

Es war viel, es war überwältigend, kitschig – aber dermaßen genial, dass ich zwischendrin die Luft anhalten musste, um nicht laut aufzuseufzen.

Hin und wieder wechselte ich Blicke mit Luis, in dessen Gesicht sich die verschiedenen Farben der Lichter spiegelten.

Zwischendrin schneite es wieder, und Luis streckte die Hand aus und fing Schneeflocken auf, einfach so. Er wirkte völlig in Gedanken, bis er bemerkte, dass ich ihn beobachtete, und mich anlächelte.

Mann, was für ein Gefühl! Diese Lichtershow traf mich mitten ins Herz und machte mich noch empfänglicher für Luis' Lächeln. Am liebsten wäre ich ihm um den Hals gefallen.

Es ging weiter, vorbei an anderen Schaufenstern. Viele davon waren mir am Vormittag gar nicht aufgefallen.

»Im Dunkeln ist alles noch viel schöner«, sagte Luis.

Er saß direkt neben mir, und ich wandte mich ihm zu.

»Ist das nicht mein Text?«

»Ich habe gewartet, aber du hast nichts gesagt.«

»Weil ich einfach sprachlos bin.« Ich wandte mich wieder dem Fenster zu. »Nur Lichter. Ich sehe nur noch Weihnachtslichter. Nie wieder will ich von hier weg.«

Ich spürte, wie er von hinten den Arm um mich und seinen Kopf leicht auf meine Schulter legte. Sein Atem fuhr über meine Haut.

Mein Herz hatte bereits heftig geklopft, aber jetzt raste es regelrecht.

Ich wagte es kaum, mich zu bewegen.

Nur für eine kleine Bewegung mit dem Kopf reichte es. Ich neigte ihn seitlich, sodass wir uns leicht berührten.

Er stieß eine Art Seufzen aus. Oder hatte ich jetzt Halluzinationen?

Die Stadt begeisterte ihn anscheinend genauso sehr wie mich.

Oh, wenn es nun doch der echte Weihnachtsmann gewesen war?

In diesem Moment wollte ich nichts auf der Welt mehr, als dass mein Weihnachtswunsch in Erfüllung ging.

Durfte man sich das eigentlich immer wieder anders überlegen?

War ich wirklich schon so weit, mich in diese Richtung vorzuarbeiten?

Vielleicht sollte ich das erst mit Anna besprechen.

Allerdings war das kein Gespräch, das man über so eine Entfernung führte. Damit musste ich wohl warten, bis ich persönlich mir ihr reden konnte.

Ich wollte aber Luis sofort. Heute Abend noch!

Er nahm plötzlich seinen Kopf weg.

Vielleicht hörte er meine Gedanken ja doch, und ich hatte ihn nun verscheucht. Ein Zeichen vielleicht?

Oder zeigten die Weihnachtslichter die wahren Omen? Das leuchtende Herz in dem Schaufenster, an dem wir gerade vorbeifuhren? Die Liebespaare, die sich anscheinend abgesprochen hatten und alle gleichzeitig eng umschlungen durch die Straßen gingen?

Ich hatte anscheinend komplett meinen Verstand verloren. Der war einfach meinem Herzen gefolgt. Hatte ich mich jemals so gefühlt?

Ich konnte das nicht einfach abhaken. Nie.

- KAPITEL 20 -

Empire State of mind

Für den späteren Abend war ein Tisch in einer Rooftop-Bar reserviert. Sie war ebenfalls in der Fifth Avenue, sodass wir das kurze Stück zu Fuß durch das dunkle, winterliche New York liefen. Wobei lediglich der Himmel dunkel war. Schnee und Lichter um uns herum sorgten dafür, dass alles gut in Szene gesetzt war, wie in einem Film. Auch die Liebespaare schossen weiter aus dem Boden. Sie waren überall. War das ansteckend?

Hoffentlich!

Wir fuhren mit dem Fahrstuhl bis ganz nach oben und kamen direkt in der Bar heraus. Hier war es schummrig und nur dezent beleuchtet. Aber wir wollten aufs Dach. Dafür mussten wir eine Treppe nach oben nehmen, und plötzlich standen wir draußen, inmitten der Hochhäuser. Vor uns – nicht zu übersehen – das Empire State Building, hell illuminiert in Rot und Grün. Geschmückte Weihnachtsbäume, Lichterketten und Heizstrahler beleuchteten die niedrigen Tische, an denen bereits viele Menschen in Gruppen oder zu zweit zusammensaßen. Allerdings dominierten die Heizstrahler, sodass alles in unwirkliches rotes Licht getaucht war.

Auf einer Karte war aufgezeigt, welche Gebäude man von hier aus sah: Das New York Life Building schräg rechts vor dem Empire State Building, dazwischen das Met Life Building und das Chrysler Building, links der Bank of Amerika Tower und das New York Times Building. Ich fotografierte die Karte schnell mit dem Handy ab, weil ich sonst bestimmt noch zehnmal hierherkommen würde, um nachzusehen.

Wir wurden zu unserem Tisch gebracht und bekamen kuschelige Mäntelchen zum Überziehen. So hockten wir unter einem Heizstrahler und bewunderten die Kulisse.

Ich bestellte einen Salat für 20 Dollar, Luis begnügte sich mit Fish & Chips. Nach dem Essen saßen wir mit Mojitos vor uns nebeneinander und genossen den Ausblick, obwohl hin und wieder ein kalter Wind um mein Kinn wehte und ich nichts gegen die Wärme meines Hotelzimmers gehabt hätte. Allerdings war es hier traumhaft.

Es war der perfekte Abschluss für diesen Tag. Schon wieder.

»Was ist?«, fragte Luis.

Ich sah ihn fragend an.

»Du hast gerade den Kopf geschüttelt und warst in Gedanken ganz weit weg.«

Das stimmte.

»Ich wundere mich nur den ganzen Tag über schon, wie Nico es geschafft hat, das alles so toll zu planen. Das kannte ich von ihm nicht.«

Luis runzelte die Stirn. »Du denkst den ganzen Tag an ihn?«

Ich lachte auf. »Nein, eigentlich nicht. Nur daran, wie perfekt die Planung ist.«

Er musterte mich, und ich konnte nicht so recht einordnen, was in ihm vorging.

»Gefällt es dir wohl nicht, wenn ich an einen anderen denke, obwohl ich mit dir unterwegs bin?« Wo kamen bloß immer wieder diese Sprüche her? Erst nachdenken!

Ich senkte den Blick und starrte in mein Glas.

»Nein, tut es nicht«, erwiderte Luis.

Ich wandte mich ihm zu, und er blickte offen zurück, zuckte nicht einmal mit der Wimper.

»Er hat die Reise nun einmal gebucht«, sagte ich. »Ansonsten denke ich nicht an ihn.«

Er lächelte leicht und lehnte sich in seinem Stuhl zurück.

»Wir haben morgen einen freien Vormittag, wenn ich es richtig in Erinnerung habe.«

Okay. Themawechsel!

Ich nickte. »Es ist, als hätte Nico einige Punkte aus dem Plan herausgestrichen. Hast du wohl eine Idee, was wir machen könnten? Ich hätte die Freiheitsstatue vorgeschlagen.« Ich folgte Luis' Blick, der fest auf das Gebäude vor uns gerichtet war. »Oder das Empire State Building.«

»Ich bin für Letzteres. Wir haben es gestern und heute nur angestarrt. Da möchte ich morgen direkt hingehen. Es sieht so einladend aus.«

»Ja, im Prinzip deutet alles darauf hin. Vielleicht ist es Schicksal.«

Luis sah mich an, eindeutig nicht sicher, ob ich jetzt verrückt geworden war.

Ich schnaubte vor Lachen.

Er verzog den Mund und wandte sich wieder ab. »Auch wenn es als Scherz von dir gemeint war, vielleicht ist es genau das. Hier ist einfach alles irgendwie klasse. Ich dachte, das Rockefeller Center wäre mein Lieblingstag, aber der heutige kommt nahe dran.«

»Das Rockefeller Center war toll.« Unser Schlittschuhlauf, seine Hand, die meine nicht loslassen wollte – dagegen war er heute richtig zurückhaltend – und dann der romantische Sonnenuntergang, der tolle Abend …

»Das war wirklich besonders schön«, sagte er.

Oh, ja! Der beste Tag überhaupt. Er sah es also genauso wie ich. Aber warum? Mir war bewusst, weshalb *mir* der Tag so gefallen hatte, aber warum *ihm*?

Oder heute? Waren wir uns heute nicht sogar noch näher gewesen?

***

Später im Hotel – ich war allein in meinem Zimmer, nachdem wir uns brav voneinander verabschiedet hatten – rief Anna an.

»Wie spät ist es bei dir?«, fragte ich.

»Um fünf. Ich muss früh raus. Aber ich wollte erst von dir hören, wie es ist. Verpasse ich viel?«

»Oh, ja! Es ist traumhaft, wundervoll, romantisch …« Ich biss mir auf die Zunge. Das sollte ich wohl nicht in diesen Worten zu ihr sagen.

»Romantisch?« Anna kicherte. »Mit meinem Bruder oder dem Weihnachtsmann?«

Okay, sie hatte das Foto gesehen.

»Rate mal? Nein, das war Spaß. Ich meine ja nur. Es ist als Pärchentrip geplant. Wir beide wären auch händchenhaltend übers Eis geflitzt.«

»Da hast du recht. Irgendwie schade, dass ich nicht dabei sein kann.« Gut, sie ging nicht weiter darauf ein. Ich war mir nämlich nicht sicher, ob ich mich zurückhalten könnte. Wahrscheinlich würde ich ihr alles erzählen. Wir waren wie Schwestern. Sie konnte mir vielleicht etwas raten. Mir sagen, ich sollte ihn mir aus dem Kopf schlagen.

»Wie geht es Luis?«, fragte sie. Noch bevor ich antworten konnte, fuhr sie fort. Typisch! »Ich habe mit Sina telefoniert.«

Okay. Das ging schon mal in die Richtung, dass ich Luis vergessen sollte.

Ein Klumpen legte sich in meinen Magen. Annas Tonfall klang so fröhlich, dass ich annehmen musste, dass es ein angenehmes Gespräch gewesen war. Wusste sie nun, was zwischen Luis und Sina vorgefallen ist?

»Sag es ihm bitte nicht«, fuhr sie fort. »Ich will nicht, dass er sich unnötige Hoffnungen macht.«

»Hoffnungen? Worauf?«

»Dass sie wieder zusammen kommen. Sie liebt ihn immer noch. Das habe ich deutlich gemerkt. Ich weiß zwar immer noch nicht genau, was war, aber wenn sich beide noch lieben, dann kann doch nicht alles verloren sein, oder?«

»Keine Ahnung. Wir haben nicht darüber gesprochen.«

Das war wohl das erste Mal, dass ich Anna bewusst anschwindelte. Doch ich konnte ihr das wirklich nicht am Handy erklären. Lieber bei einem Grog von Angesicht zu Angesicht. Das würde sie auf jeden Fall verstehen.

Ich brachte das Gespräch wieder schnell auf das, was Luis und ich schon erlebt hatten, bevor wir auflegten, ohne noch einmal Sina erwähnt zu haben.

Glück gehabt!

Sie wollte Luis zurück. Verflixt!

Andererseits spekulierte Anna nur. Vielleicht hatte Sina einfach so mal das Bedürfnis gehabt, mit ihr zu sprechen, und Anna redete es sich schön. Und selbst wenn Sina Luis zurückwollte, bedeutete das doch nicht, dass er ebenso fühlte.

Hoffentlich!

Mit einem der Kissen über dem Gesicht schlief ich irgendwann ein.

- KAPITEL 21 -

Empire State of Horror

Mein Bauch fühlte sich immer noch etwas schwer an, als ich aufwachte.

Nach dem Overkill gestern war dieser Tag vergleichsweise ruhig geplant. Das Empire State Building würde meine Stimmung sicher heben, und die Kutschfahrt im Central Park, die am Nachmittag anstand …

War das nicht ein bisschen unpassend? Luis und ich so allein in einer Kutsche?

Aber wie hatte ich gestern Abend zu Anna gesagt: Ich hätte mir ihr auch Händchen gehalten auf der Eisbahn beim Rockefeller Center.

Würde ich mit Anna eine Kutschfahrt machen?

Ja, auf jeden Fall. Wir würden gemeinsam Spaß haben und die Fahrt genießen. Vielleicht darüber sprechen, mit wem wir so eine romantische Fahrt gern mal machen würden … okay. Das konnte ich bei Luis natürlich vergessen. Ich wollte das gar nicht wissen.

***

Ich fror beinahe sofort, als wir das Observation Deck in der 86. Etage betraten. Kalter Wind wehte mir entgegen. Luis holte tief Luft. Ihm schien es ähnlich zu gehen.

Ich zog die Kapuze meiner Jacke über meine Mütze und schloss sie unter dem Kinn.

Besser! Aber der Rest meines Gesichts war nach wie vor dem Wind ausgesetzt.

Als auch Luis seinen Kragen hochgeschlagen hatte, gingen wir weiter.

Die Stimmung zwischen uns war schwer zu beschreiben. Wir unterhielten uns ganz normal beim Frühstück. Er schien gut gelaunt, hatte bereits die Tickets für jetzt besorgt und war regelrecht zuvorkommend. Ein kleines Gefühl in mir bildete sich ein, dass er mich anders behandelte. Keine dummen Witzchen oder Sprüche mehr, dafür hin und wieder ein langer Blick, wenn er dachte, ich würde es nicht bemerken. Jedenfalls hatte ich nicht darauf reagiert, sondern meinen Blick durch das Frühstücks-Restaurant schweifen lassen, als beobachtete ich ganz interessiert die anderen Gäste.

Wir waren am äußeren Rand der Plattform angekommen, es war bewölkt, der Wind blies heftig in mein Gesicht – und ich wich unwillkürlich zurück.

»Was ist los?«, fragte Luis.

»Das ist mir jetzt etwas zu hoch.« Vorsichtig wagte ich mich wieder vor. Es wirkte tatsächlich so, als könnte ich von hier aus direkt nach unten blicken, wenn ich mich weit genug vorbeugte. Ein Kribbeln fuhr durch meinen Bauch bei diesem Gedanken. Meine Füße waren wie festgeklebt. Schwankte das Gebäude nicht sogar?

»Geht es dir nicht gut? Du bist blass.«

»Ich glaube, ich habe Höhenangst«, erwiderte ich, selbst davon überrascht. »Es kam ganz plötzlich. Ich kann mich nicht rühren.«

Sofort umfasste er mich und geleitete mich zurück zur Tür. Vorsichtig hob ich einen Fuß nach dem anderen. Irre!

Als wir wieder drinnen waren, ging es mir besser.

»Ich verstehe das nicht. Wir waren doch in den letzten Tagen oft genug auf hohen Gebäuden.«

»Ja, aber da konnte man nie so direkt nach unten sehen. Ich kann das selbst nicht verstehen. Es war, als könnte mich der Wind hoch und einfach über die Plattform wehen.« Ich lachte nervös. Hatte ich jemals so hoch oben auf einem Gebäude im Freien gestanden? Wahrscheinlich nicht. »Vielleicht geht es, wenn ich mich vom Rand fernhalte. Ich schaue dann nur in die Ferne.«

Luis fasste wieder meinen Arm, und wir gingen vorsichtig hinaus. Ja, so war es besser. Ich hatte nicht mehr das Gefühl, über den Rand fallen zu können, und konzentrierte mich auf die weiter entfernt liegenden Gebäude.

Dass Luis mich so fürsorglich berührte, gab mir noch mehr Sicherheit. Ich hätte am liebsten meinen Arm um ihn gelegt. Doch das traute ich mich natürlich nicht.

Ich wurde nervös, je länger wir so gingen. Er sagte nichts, und ich schwieg auch.

»Du kannst ruhig näher an den Rand«, bot ich an, um die Stille zu beenden. »Ich bleibe einfach hier oder gehe wieder hinein. Das schaffe ich.«

Er sah mich einige Momente an. Wenn ich nur wüsste, was er jetzt dachte!

»Mach schon!«, setzte ich hinzu, weil er immer noch nichts sagte.

»Ich schieße nur ein paar Fotos und bin gleich wieder bei dir.«

»Nein, ich will dir das nicht verderben.« Ich löste mich von ihm und lehnte mich an die Wand hinter mir. »Alles okay. Siehst du?« Ich winkte mit beiden Händen.

Er biss auf seiner Unterlippe. Das hatte ich in den letzten Tagen selten gesehen. Ich wüsste zu gern, was es damit auf sich hatte. Anna machte das sehr oft, wenn sie über wichtige Dinge nachdachte. Wenn das bei ihm auch so war, hatte er in den letzten Tagen nicht oft über Wichtiges nachgedacht. Jedenfalls nicht in meiner Gegenwart.

Dann drehte er sich um und verschwand, ohne dass ich erfuhr, was in ihm vorging.

***

Etwa zwanzig Minuten später fuhren wir im Fahrstuhl wieder nach unten. Lange hatte Luis es nicht ohne mich ausgehalten.

»Ist öde so allein«, hatte er gesagt.

Wenigstens musste ich so nicht länger an der Wand frieren. Ich hatte es nämlich nicht allein wieder hinein geschafft. Seit ich wusste, dass ich Höhenangst hatte, schien sie schlimmer geworden zu sein.

Aber Luis nahm wie selbstverständlich erneut meinen Arm und führte uns ins Warme.

Wir waren inzwischen unten angekommen und stiegen aus.

»Bist du enttäuscht?«, fragte ich, während wir langsam hinausgingen.

Er sah mich von der Seite an. »Ich habe sogar nach Filmen recherchiert, bei denen das Empire State Building eine Rolle spielt und wollte …«

»Was? Es nachspielen?« Ich lachte über meinen Witz.

»Nacherleben«, berichtigte er. »Aber dann schauen wir irgendwann gemeinsam die Filme.«

Irgendwann? Gemeinsam?

Eine Anspielung auf eine Zeit nach New York?

Jetzt interpretierte ich zu viel hinein. Er hatte das doch nur so dahin gesagt.

»Im Januar gleich, wenn wir in Erinnerungen an diesen Trip schwärmen«, sagte er.

Oh!

»Im Januar?«, rutschte mir heraus.

Er verstand es leider genauso, wie ich es gemeint hatte.

»Ich bin davon ausgegangen, dass wir uns in Zukunft ein bisschen öfter sehen«, sagte er und blickte mich mit großen Augen an.

»Ja, natürlich. Ich habe nur noch nicht darüber nachgedacht. Bisher.« Erst jetzt merkte ich, dass Luis grinste. »Du veralberst mich.«

»Ich wollte sehen, wie du dich rausredest.« Er lachte. »Natürlich sehen wir uns ab jetzt öfter. Wir sind doch jetzt auch Freunde.«

Freunde? Na, toll!

Was für ein Reinfall dieser Vormittag! Wenigstens hatte ich es auf diese Weise geschafft, völlig zu verdrängen, was Anna gesagt hatte. Bis eben.

- KAPITEL 22 -

Central Park Horror

Der Nachmittag begann besser. Auf festem Boden war es mir gleich besser gegangen. Wir hatten einen ausgiebigen Lunch, in einem Restaurant, das von innen wirkte, als hätte jemand ganze LKW-Ladungen mit Christbaumkugeln darin ausgekippt, die aber der Schwerkraft trotzten und von der Decke hingen.

Nach dem Essen tranken wir Kakao, bis es Zeit war, zum Central Park zu gehen.

Leichter Schneefall hatte inzwischen eingesetzt, und wir fuhren tatsächlich in einer Kutsche durch den weißen Central Park. Ich hatte einen Schlitten erwartet, aber die Gehwege waren geräumt, und die Kutsche hatte Räder. Es waren anfangs viele Menschen unterwegs, aber das Weiß um uns herum entschädigte.

Jetzt fuhren wir auf einer Straße mitten durch den Park. Das gleichmäßige Klappern der Pferdehufe hatte etwas Meditatives. Links und rechts wirkte der schneebedeckte Park fast unberührt – doch hinter den Bäumen blitzten immer wieder Hochhäuser hervor. Um uns waren nun weniger Leute. Die meisten sahen wir nur von Weitem.

Schnee von oben, um uns herum, Hufgetrappel …

»Du bist so schweigsam«, sagte Luis.

Ich seufzte. »Es ist so schön. Ich genieße einfach nur.«

Er nickte, und keine Ahnung, ob ich es mir einbildete – aber er rückte etwas näher an mich heran.

»Ein Spaziergang hier wäre bestimmt auch toll«, meinte er.

Seit wann war er denn so eine Plaudertasche?

»Wenn der enge Zeitplan dafür Platz lässt«, erwiderte ich.

»Wenn es uns wichtig genug ist.«

Wir erreichten den kleinen See im nördlichen Teil des Parks, und die Kutsche hielt an.

Ich blickte mich um. War das ein besonderer Aussichtspunkt?

Luis wirkte auch etwas überrascht und sah zu mir.

»Sollen wir jetzt aussteigen?«, fragte ich.

Der Kutscher drehte sich herum.

»Das ist der perfekte Platz.« Er zwinkerte Luis zu.

»Wofür?«, fragte ich etwas begriffsstutzig.

Hatte Luis etwas geplant?

»Ich glaube, er meint für einen Heiratsantrag«, sagte Luis und sah mich besorgt an.

Ich lachte. »Wie kommt er denn darauf?«

»Wahrscheinlich … Ich nehme an, dass vorher … dafür bezahlt wurde, dass er anhält.«

Warum zögerte er so beim Reden?

Ich stand immer noch auf dem Schlauch.

»Fahren Sie bitte weiter«, bat Luis den Kutscher, der ihn irritiert anblickte. »Ist schon okay«, setzte Luis hinzu.

Da endlich dämmerte es mir.

»Glaubst du etwa, dass Nico das arrangiert hat, um mir … einen Heiratsantrag zu machen?«

Luis zuckte entschuldigend mit den Schultern.

»Er plant einen Heiratsantrag und verschwindet dann in ein Kloster?« Das Gefühl, das in mir aufstieg, war übermächtig. Dabei konnte ich es gar nicht richtig einordnen. Wut? Enttäuschung? Traurigkeit? »Das ist doch der größte Vollidiot, den die Welt je gesehen hat«, platzte es aus mir heraus. »So ein bescheuerter Armleuchter.«

Der Kutscher blickte sich vorsichtig um, als wollte er sich vergewissern, dass wir uns nicht gegenseitig an die Gurgel gingen. Bestimmt dachte er, ich wäre sauer auf Luis, weil der den geplanten Antrag nicht gemacht hatte.

Aber das war mir in diesem Moment egal.

»Es tut mir so leid!«, sagte Luis und griff nach meiner Hand.

»Dafür kannst du doch nichts. Ich ärgere mich nur, weil …« Ich stockte, denn was mir auf der Zunge lag, stimmte nicht. Dass ich diesen Trip angetreten hatte, bereute ich keineswegs. Ich hatte nichts zu bereuen. Nico war der Idiot. »Er ist einfach nur ein …«, sagte ich leise und sackte in mich zusammen.

Luis ließ meine Hand los und legte stattdessen den ganzen Arm um mich.

»Ich weiß, wie es ist, enttäuscht zu werden, glaub mir. Natürlich will ich meine Situation nicht mit deiner vergleichen. Aber es fühlt sich immer gleich doof an.«

Sprach er von Sina? Das klang nicht so, als wäre die Trennung von ihm ausgegangen.

Irgendwie enttäuschte mich das etwas. Dabei sollte ich jetzt wegen Nico enttäuscht sein. Er hatte bei Buchung der Reise anscheinend Heiratspläne gehabt und sich dann anders entschieden. Er hatte mich verlassen und war noch so gedankenlos, mich hier im Central Park dieser Situation auszusetzen.

Was wäre wohl passiert, wenn Anna statt Luis dabei gewesen wäre? Vielleicht hatte er deshalb nicht daran gedacht, das abzusagen. Doch wahrscheinlicher war, dass er einfach gar nichts gedacht hatte.

Plötzlich wurde mir etwas klar. Meine diffusen Gefühle für Nico, meine schlechte Laune in den Tagen vor der Reise.

»Ich bin total über ihn hinweg«, erklärte ich.

Luis hielt mich etwas von sich und musterte mich. Seine Skepsis war überdeutlich.

Mann, sah er in diesem Moment süß aus! Seine Augen blitzten, um seinen Mund zuckte es. Wenn er nicht noch an seiner Ex-Verlobten hängen würde …

Nico! Wir hatten über Nico gesprochen.

»Ich bin nur sauer, weil er so gedankenlos ist. Dabei sollte mich das nicht überraschen. So lief es immer. Eigentlich bin ich mehr wütend auf mich selbst. Ich hätte das früher beenden sollen.«

»Es hat ja gute Seiten, dass du es nicht getan hast.« Er tätschelte meinen Arm, und seine Umarmung fühlte sich immer besser an.

»Welche denn?«

»Diese Reise. Mit mir.«

»Du meinst, es hat gute Seiten für *dich*.« Ich hob den Kopf, sodass ich ihm direkt ins Gesicht sehen konnte.

Er schmunzelte. »Ja, nur für mich. Für dich ist es die reinste Qual, hier in New York zu sein.«

»Aber eine Reise wiegt doch den Verlust einer Beziehung nicht auf.« Ich legte meinen Kopf wieder auf seine Schulter, einfach, weil es sich so gut anfühlte.

»Das sagt ja auch niemand. Ich plädiere nur dafür, auch das Gute in einer Situation zu sehen.«

»Was ist das Gute an *deiner* Trennung?« Die Frage war schneller heraus, als ich sie denken konnte. Ich spürte, wie er sich versteifte. Diese minimale Bewegung veranlasste mich, meinen Kopf zu heben, woraufhin er seinen Arm von mir wegnahm. Sofort fühlte es sich um mich herum kälter an.

Mann! Ich und mein Mundwerk! Warum hatte ich nicht einfach die Klappe halten und die Situation genießen können? Nico war mir doch völlig egal. Aber Luis empfand offensichtlich nicht so für seine Ex-Verlobte. Und die wollte ihn zurück.

- KAPITEL 23 -

Reale Wirkung

Nach der peinlichen Kutschfahrt führte Luis mich in ein Café.

Er gab sich sichtlich Mühe, mich aufzumuntern. Aber ich hing komplett durch.

»Es tut mir leid, dass ich vorhin so schroff war«, brachte ich trotzdem hervor. Mir war peinlich, was ich gesagt hatte. Trotz meiner gegenteiligen Worte musste er den Eindruck bekommen haben, dass ich über Nico eben noch nicht hinweg war.

Doch sollte ich das überhaupt noch einmal richtigstellen? Meine angebliche Trauer über meine vergangene Beziehung diente mir im Moment als willkommener Schutzschild gegenüber meinen Gefühlen für Luis. Wenn ich ihn davon überzeugte, dass ich Nico keine

Träne mehr hinterher weinte, legte ich ihm damit vielleicht gleichzeitig mein Herz offen. Das konnte ich nicht.

Ich war froh, dass er mir das vorhin nicht abgekauft hatte und nun dachte, ich wäre am Boden zerstört angesichts der Tatsache, dass mir ein hammermäßiger Heiratsantrag entgangen war.

Wir saßen nebeneinander auf einer Bank in dem Café am Rande des Parks, den Blick auf das weihnachtliche Treiben in Manhattans Straßen gerichtet.

Jetzt legte er wieder den Arm um mich, und ich kuschelte mich wieder bei ihm ein. Es war sicher als brüderliche Geste gemeint, aber ich nahm, was ich kriegen konnte, um bloß den Nachmittag zu vergessen. Den ganzen Tag.

Luis verstand es wohl als Aufforderung, auch noch den anderen Arm um mich zu legen. Ich erwiderte die Umarmung und genoss sie. Er strich über meinen Kopf, fasste unter mein Kinn und hob es an, sodass ich ihn ansehen musste.

»Dein Ex ist einfach ein Idiot«, sagte er.

Ich nickte mechanisch. Er war so nah, sein Gesicht, sein Mund. Durch die Umarmung musste er doch meinen Herzschlag spüren, der sich in den letzten Sekunden beschleunigt hatte.

Luis lächelte und strich über meine Wange.

Küss mich oder hör auf!, schrie ich ihm gedanklich zu.

Wenn er mich nicht sofort losließ, würde ich ihm um den Hals fallen.

Doch er hatte meine Gedanken wohl gehört, denn er löste sich langsam von mir und griff nach seinem Milchkaffee.

Jetzt erst merkte ich, dass ich die Luft angehalten hatte, und atmete heftig ein. Sofort wandte Luis seinen Kopf zu mir. Aber ich tat, als wäre nichts, und nahm einen Schluck von meinem Kakao. Nur der tröstete mich heute.

»Das ist einfach toll«, sagte ich leise und deutete nach draußen, auf die Straße, die trotz der einbrechenden Dunkelheit im Glitzern der vielen Weihnachtslichter erstrahlte.

»Das ist es«, stimmte Luis zu. »Das lassen wir uns auch von niemandem verderben.«

»Auf keinen Fall!«

***

Ich war froh, dass für den Abend etwas anstand, was nicht allzu viel Kommunikation zwischen mir und Luis erforderte – ein Ballett.

Aber natürlich nicht irgendeines. Es war *Der Nussknacker*, aufgeführt vom New York City Ballet.

Anfangs hoffte ich einfach nur auf ein schnelles Ende des Abends, aber die Musik war einfach umwerfend, die klassische Inszenierung zauberhaft. Die technischen Effekte wirkten keineswegs übertrieben, sondern ließen alles erstaunlich echt wirken. Meine

Weihnachtsstimmung kehrte mit voller Wucht zurück, bis ich Luis' Blick von der Seite bemerkte.

Ich grinste in diesem Moment über das ganze Gesicht und schaute zurück. Luis zwinkerte, und man merkte ihm förmlich seine Erleichterung darüber an, dass ich wieder gut drauf war.

Er legte seine Hand auf meine und drückte sie kurz. Allerdings ließ er sie dann dort, und Wärme strömte ausgehend von dieser Stelle durch meinen Körper. Nur schwer widerstand ich dem Drang, über seine Haut zu streicheln. Sie war weich, das wusste ich. Das hatte ich oft genug gemerkt in den letzten Tagen.

Jetzt fragte ich mich, ob die Haut an seinem restlichen Körper auch so weich war, an den breiten Schultern, an dem zweifellos durchtrainierten Bauch. Dieser enge grüne Wollpulli betonte seine Körperformen noch. Da wollte man ja förmlich mit den Händen darüberstreichen, um zu sehen, ob das alles real war …

Das Ballett! Wenn ich meine Gedanken nicht von Luis leckerem Körper losriss, verpasste ich gleich die Zuckerfee.

***

»Das war wirklich klasse, oder?« Ich hatte immer noch ein Hochgefühl, als wir draußen auf der Straße standen, und merkte selbst, wie ich Luis anstrahlte.

Seine Hand hatte mir Sicherheit gegeben. Den ganzen Tag über war er besonders zuvorkommend gewesen. Eigentlich war er das immer. Doch ich merkte, dass ich das jetzt regelrecht genoss.

War er nur so nett, weil ich ihm leidtat? Vielleicht hätte ich doch nachdrücklicher klarmachen sollen, dass ich Nico kein bisschen hinterher trauerte.

Es war schon spät. Ich war total erledigt, sodass wir sofort mit dem Taxi ins Hotel fuhren.

Inzwischen war ich mir ziemlich sicher, was ich wollte, konnte das aber beim besten Willen nicht deutlich machen. Luis sah ständig zu mir, doch ich erwiderte nur kurz die Blicke, lächelte und schaute wieder weg.

Ich war durcheinander, unsicher, nicht in der Lage, heute etwas zu tun, was Konsequenzen hätte. Nicht nach diesem Tag.

Vielleicht morgen.

»Gute Nacht!«, sagte ich, als wir vor Luis' Zimmertür angekommen waren, und ging weiter.

»Gute Nacht, Ella!«

Der Klang meines Namens aus seinem Mund hinterließ ein Kribbeln in meinem Nacken. Ich drehte mich noch einmal zu ihm und lächelte.

Doch sein Blick war unergründlich.

- KAPITEL 24 -

Central Park Romantik

Leider brachte der nächste Morgen tatsächlich mehr Klarheit.

Ich war verwundbar. Diese Stadt rief romantische Gefühle in mir hervor, und die einzige greifbare Person war der Bruder meiner besten Freundin, der selber Liebeskummer hatte.

Luis hatte gestern darüber gesprochen, dass wir zukünftig mehr Kontakt haben würden. Vielleicht verschob ich diese Dinge lieber auf später. Dass ich mich in ihn verknallt hatte, war offensichtlich. Doch ich sollte mir selbst die Zeit geben, mir über alles klar zu werden, und ihm, über Sina hinwegzukommen.

Wenn überhaupt. Sie wollte ihn ja zurück. Vielleicht hatten sich meine Gefühle sowieso bald erledigt oder wurden erledigt.

Das Timing war nicht gut. Wenn ich mich auf etwas einließ … Vielleicht würde Sina eine Versöhnung vor Weihnachten wollen. Nicht auszudenken! Ich mit gebrochenem Herz an meinem Lieblingsfest. In New York.

***

Auf dem Plan stand am Vormittag Eislaufen im Central Park. Es war etwas völlig anderes als beim Rockefeller Center. Wir waren von Wald umringt, und erst dahinter ragten die Hochhäuser auf.

Es war kalt und die Eisfläche voll. Luis nahm immer wieder meine Hand und zog mich mit. Aber Stimmung kam irgendwie nicht auf. Vielleicht lag es an mir.

Eislaufen im Central Park war theoretisch gut, praktisch besser, wenn man es mit jemandem tat, den man liebte.

Es lag an mir. Mit Anna an meiner Seite hätte ich sicher viel Spaß gehabt. Aber mit Luis, der außerhalb meiner Reichweite lag, war es frustrierend.

Doch dann wurde es besser. Er legte oft seinen Arm um mich. Das bildete ich mir nicht ein. Das war eindeutig Tuchfühlung, auf die er da ging. Und ich fand es aufregend. Dabei hatte ich doch noch am Morgen einen Entschluss gefasst.

Ich wollte diese Gedanken verdrängen, aber ich fing an, es zu genießen, und meine Laune besserte sich.

Zum Mittag aßen wir in einem Bistro mitten im Park Meeresfrüchtesalat für zwei. Danach beschlossen wir, einen ausgedehnten Spaziergang zu machen. Ich wollte hier noch nicht weg. Wir waren umgeben von Weiß, als seien wir in der freien Natur. Natürlich waren die Hochhäuser allgegenwärtig, aber wenn man den Blick unten hielt, hätte es ein Schlosspark sein können.

Es war auch etwas völlig anderes, zu Fuß durch den Central Park zu gehen. Wir kamen in Ecken, wo die Kutsche nicht hingekommen wäre, setzten uns hin und wieder auf eine Bank, um ein wenig die Sicht zu genießen, und sprachen über Schnee, Schlittenfahren, Berge.

Ich fühlte mich wie mit einem guten Freund. Nichts zwischen uns war unangenehm. In Luis' Gegenwart fühlte ich mich einfach wohl. Es war auch besser, wenn ich es so empfand. Wir würden einfach Freunde sein. Mein Herzkribbeln ging irgendwann bestimmt von alleine weg. Aber die Erinnerungen an New York würden uns für immer verbinden.

Wir machten uns auf den Rückweg, und irgendwann nahm Luis meine Hand. Ganz selbstverständlich, und ich versuchte, einfach nicht darüber nachzudenken. Ich mochte das. Wir beide im verschneiten Central Park. Das genügte mir in diesem Augenblick.

Ganz selbstverständlich schien plötzlich auch, dass er stehenblieb, seine Arme um mich legte, mich ansah und seine Hand an meine Wange legte. Er stutzte kurz und zog seinen Handschuh aus, um stattdessen seine warme Hand an mein Gesicht zu führen.

Ich stand nur still da, völlig leer im Kopf und erwartete, was kommen würde.

Luis lächelte mich an, kam mit seinem Gesicht näher – und im nächsten Augenblick spürte ich seinen Atem auf meiner Haut, seine Lippen auf meinen. Ganz sanft berührte sein Mund meinen.

Er küsste mich mitten im Central Park im weihnachtlichen New York.

- KAPITEL 25 -

Dieses Gefühl

Das Hämmern meines Herzens ließ das Blut durch meinen Kopf rauschen. Sorgte das für die Gedanken, die sich in meinen Kopf schoben?

Was tat ich hier? Ich hatte doch entschieden, dass das keine gute Idee war. Er war vielleicht nicht bereit für etwas Neues, und ich war mir zu schade für eine Lückenbüßerin.

Ich löste mich von Luis, auch wenn es schwerfiel. Der Kuss schmeckte so gut. Dieser kleine bescheuerte Teil in mir, der nicht nachdenken wollte, hätte das nur zu gerne in meinem Hotelzimmer fortgesetzt.

»Das ist keine gute Idee«, sagte ich und ärgerte mich sofort über diesen abgedroschenen Spruch. Ich war mir sicher, dass Luis nicht bewusst mit meinen

Gefühlen spielte. Vielleicht wusste er selbst nicht, dass er noch nicht über seine Ex hinweg war. Jedenfalls hatte er mehr verdient als eine abgeschmackte Abfuhr.

Ich setzte zu einer Erklärung an, die sein verwirrter Gesichtsausdruck zu fordern schien. Doch im nächsten Moment wich er ein Stück von mir zurück.

»Du hast recht: Es tut mir leid!«

Na, so schnell musste er das jetzt nicht bedauern.

Er wandte sich zum Weitergehen.

»Es ist wohl diese romantische Stimmung.« Er zwinkerte. »Da lässt man sich mitreißen.« Jetzt hielt er mir seine Hand hin. »Wenigstens haben wir einmal in unserem Leben jemanden im Central Park geküsst.«

Ganz automatisch nahm ich seine Hand, und wir gingen weiter.

Wir schwiegen zwar, aber ich spürte, dass er das, was eben war, schon abgehakt hatte. Er wirkte gelöst und nicht so nervös, wie ich mich fühlte.

Der Kuss hatte ein Brennen in meiner Herzgegend hinterlassen, während er Luis völlig kalt zu lassen schien.

Er hatte *jemanden* im Central Park geküsst?

Na, toll! Als würde er eine Liste abarbeiten. Ein Punkt auf seiner Liste. Mehr war das nicht. Mehr war ich nicht.

Mann, jetzt wurde ich wütend. Mit jedem Schritt wurde es schlimmer.

Und Luis schlenderte neben mir her, als wäre das eben nicht der beste Kuss seines Lebens gewesen.

Im Hotel ging ich weiter zu meinem Zimmer. »Ich habe Kopfschmerzen«, erklärte ich. Es war mir völlig egal, was er dachte und ob er mir glaubte.

»Ella, lass uns etwas essen«, rief er mir hinterher.

Doch ich winkte ihm zu, als hätte ich ihn nicht gehört, und verschwand in meinem Zimmer.

***

Mann, wie ich dieses Gefühl nach dem ersten Kuss eigentlich liebte! Es war wie eine Erlösung nach der Zeit des Verliebtseins, in der man nicht wusste, ob der andere genauso empfand.

Eigentlich eine Erlösung. In diesem Fall war nichts klar, außer dass es eine gewisse Anziehung zwischen uns gab. Doch von tiefergehenden Gefühlen konnte zumindest von seiner Seite aus nicht die Rede sein. So kurz nach einer Trennung. Und Sina war ja nicht irgendeine Ex-Freundin. Nein, sie waren verlobt gewesen, hatten also beschlossen zu heiraten. Bis vor Kurzem war Luis sich also einmal ganz sicher gewesen, dass er mit dieser Sina den Rest seines Lebens verbringen wollte.

Natürlich war ich nur ein Trostpflaster!

***

Eine Stunde später hatte ich Hunger. Ich sollte mir etwas aufs Zimmer bestellen.

Oder mit Luis beim Abendessen über alles reden?

Das war bisher nie gut gelaufen. Ernste Gespräche um diese Tageszeit waren wohl nicht sein Ding. Aber das Bedürfnis, mit ihm zu reden und zu wissen, woran ich war, trieb mich letztlich doch aus meinem Zimmer. Vielleicht tat ich ihm unrecht. Ich sollte ihn offen fragen, was das hier für ihn war, was das werden sollte. Er hatte schnell aufgegeben. Ich lag also sicher richtig mit meinem Gefühl. Doch ich wollte es genau wissen.

Wollte ich?

Ja, ich musste. Sonst würde ich immer darüber nachgrübeln. Außerdem hatten wir noch einige Tage vor uns. Übermorgen war Heiligabend. Allein der Gedanke daran bereitete mir Übelkeit. Miese Stimmung an Weihnachten? Bitte nicht! Vielleicht gab es eine Chance, das alles zu klären.

Ich stand vor seiner Zimmertür und war unsicher, ob ich es wirklich tun sollte. Vielleicht war es besser, die Schmetterlinge noch ein wenig länger flattern zu lassen, bevor ich mich der schrecklichen Wahrheit aussetzte?

Doch zur Wahrheit gehörte auch, dass dieses Schmetterlingsgefühl kein bisschen angenehm war. Es waren eher Fledermäuse, die sich in mir durchbissen. Ich ahnte die Wahrheit doch längst.

Diese morbide Vorstellung sollte eigentlich reichen.

Ich lehnte mich mit dem Rücken gegen Luis' Tür.

Eine Dame vom Housekeeping kam den Flur entlang. Ich hatte sie neulich Abend schon einmal gesehen, als ich Luis' Zimmer verlassen hatte, nach der Weihnachtsshow in der Radio Music City Hall und unserem Filmabend.

Ich nickte ihr freundlich zu, und sie lächelte zurück.

Bevor ich reagieren konnte, murmelte sie etwas davon, dass ich mich wohl ausgesperrt hätte, und zückte ihre Universalschlüsselkarte – Schwupps, war die Tür offen.

Mein Herz blieb beinahe stehen. Ich hielt den Türknauf und murmelte ein leises Danke.

Als sie einige Schritte entfernt war, wagte ich immer noch nicht zu atmen, sondern lauschte in das Innere des Zimmers.

Ich hörte Luis' Stimme. Er sprach mit jemandem. Vielleicht telefonierte er mit Anna. Ob er ihr etwas erzählen würde? Anna würde sauer werden, wenn sie es von ihm und nicht von mir erfuhr.

Endlich atmete ich tief durch und öffnete vorsichtig die Tür. Ich würde ihm die witzige Geschichte von der Hausdame erzählen. Das war ein guter Aufhänger, um seine Stimmung zu testen.

»Nein, Sina.«

Diese zwei Worte ließen mich innehalten. Er telefonierte mit seiner Ex? Kurz nachdem er mich geküsst hatte? Hatte ihn genau das vielleicht auf die Idee gebracht, sie anzurufen? Ein Kuss von mir, und er musste sie anrufen?

»Ich bin nicht sauer.«

Er wirkte so ruhig. Viel ruhiger als in den letzten Tagen, wenn das Thema auf sie gekommen war. Das klang verdächtig nach einer Versöhnung. Nachdem er mich geküsst hatte!

Ich wich zurück und schloss leise die Tür. Das würde ich mir nicht antun. Wenn er sich mit seiner seine Ex-Verlobten entexen wollte, musste ich nicht auch noch zuhören.

Als ob sie ahnte, dass es mir nicht gutging, rief in diesem Moment Anna auf meinem Handy an, das hinten in meiner Hosentasche steckte. Ich eilte zu meinem Zimmer und ging ran, sobald die Tür hinter mir geschlossen war.

»Hallo!«, sagte ich so normal, wie es irgend ging. Ich hatte immer noch nicht entschieden, ob ich ihr etwas erzählen sollte.

»Stell dir vor, Sina will sich mit Luis versöhnen«, erzählte Anna.

»Toll, da wird er sich aber freuen.« Was hätte ich sonst sagen sollen? Mir kam ein Gedanke. Ein fruchtbarer Gedanke! »Will sie, dass er zu Weihnachten nach Hause kommt?«

»Das weiß ich nicht. Bestimmt. Versöhnung zu Weihnachten. Das würde passen. Aber er lässt dich doch nicht allein in New York. Oder? Oh, Mann! Daran habe ich noch gar nicht gedacht.«

Natürlich nicht! Es ging ja auch nur um mich.

»Du, ich bin müde«, erklärte ich. »Können wir morgen sprechen? Dann weiß ich vielleicht mehr.«

Als ich aufgelegt hatte, war der Hunger weg. Etwas Furchtbares lag schwer in meinem Magen: Ich konnte meiner besten Freundin auf keinen Fall erzählen, was heute geschehen war. Das würde das Verhältnis zu ihrem Bruder belasten – sie wäre hundertprozentig sauer auf ihn, weil er mit mir gespielt hatte oder zumindest so leichtfertig war. Aber sie wäre dann außerdem dazu gezwungen, vor ihrer Schwägerin ein Geheimnis zu bewahren. Das war ein unlösbares moralisches Dilemma, das sich nur verhindern ließ, indem Luis seiner doofen Ex-Verlobten-Bald-Ehefrau davon erzählte.

Wie wahrscheinlich war das denn?

So ein Mist! Dieser Kuss würde auf alle Zeit die Freundschaft zu meiner besten Freundin belasten.

Es hatte sich in den letzten Minuten schon angedeutet. Der Kloß war inzwischen kaum noch wegzuschlucken, meine Augen wurden feucht, und ich ließ den Tränen freien Lauf.

Hatte ich vorhin noch gedacht, das Gefühl nach einem ersten Kuss sei großartig?

Nein, es war das schlimmste Gefühl, das ich mir vorstellen konnte.

- KAPITEL 26 -

Ella allein in New York

Am nächsten Morgen klopfte es an der Tür.

»Wer ist da?«, fragte ich.

»Na, wer wohl?«

»Ich bin krank.«

Schweigen. Sekunden, eine halbe Minute …

»Ella, komm bitte raus. Ich möchte mit dir reden.«

Wollte er mir jetzt sagen, dass er nach Hause flog, um mit Sina unter dem Weihnachtsbaum zu feiern? Weil er sich mit ihr versöhnt hatte? Das würde ich nicht ertragen.

»Nein, ich will nicht reden«, rief ich. »Flieg doch nach Hause, aber lass mich in Ruhe!«

Schweigen. Sekunden, eine halbe Minute, eine Minute.

Vorsichtig näherte ich mich der Tür und schaute durch den Spion. Der Flur war leer. Er war gegangen.

Toll! Jetzt war ich wirklich an Weihnachten allein. Aber nicht einmal bei mir Zuhause, sondern in einer großen fremden Stadt. Okay, so fremd auch nicht mehr.

Ich legte mich wieder ins Bett und zog die Decke über den Kopf.

Für heute hätte eine Bootstour auf dem Hudson River auf dem Plan gestanden. Das würde nun wortwörtlich ins Wasser fallen. Ich war in New York und würde kein einziges Mal die Skyline vom Wasser aus sehen können.

Ich nahm mir fest vor, nie wieder unter der Decke hervorzukommen.

***

Das Vibrieren meines Handys weckte mich, ich war tatsächlich noch einmal eingeschlafen.

Eine Nachricht von Anna. Schnell legte ich das Handy weg. Ich hatte kein Bedürfnis, mir ihre Jubelbekundungen angesichts der Versöhnung von Luis und seiner Sina anzutun.

Der Hunger und das Gefühl, in meinem Zimmer ersticken zu müssen, trieben mich nun doch hinaus.

Ich eilte durch die Lobby, ohne mich umzusehen, und ging hinaus auf die Straße, um eine Ecke, bis das Hotel außer Sichtweite war.

Das Empire State Building ragte ein Stück weiter vor mir auf. So ein Reinfall! Es war ja schön, aber diese Aussichtsplattform …

Trotzdem ging ich ganz automatisch dorthin. Es war nicht weit, und bald stand ich unschlüssig vor dem Eingang.

Der bescheuerte romantische Teil in mir stellte sich vor, wie ich jetzt hochfuhr, oben ausstieg und er genau vor mir stünde. Wir würden uns in die Arme fallen …

So ein Quatsch!

Trotzdem kaufte ich mir ein Ticket und fuhr nach oben. Nicht seinetwegen, sondern nur weil ich New York nicht verlassen konnte, ohne die Aussicht vom Empire State Building aus genossen zu haben. So richtig.

Also hieß es, sich kurz zusammenzureißen, hinunterzusehen und auf das Glücksgefühl zu warten, das sich heute hoffentlich einstellen würde.

Ich schaffte drei Schritte nach draußen, dann versagten die Füße mir die Dienste. Wie angewurzelt blieb ich stehen. Der Wind blies heftig, kreuz und quer, wodurch sich das Gefühl verstärkte, über den Rand geweht zu werden.

Das war ja furchtbar. Wer genoss denn so etwas?

Und wo zum Teufel war Luis?

Natürlich hatte ich gehofft, er wäre hier. In Wirklichkeit saß er vielleicht längst im Flieger nach Hause. Ich hätte im Hotel nachfragen sollen, ob er abgereist war. Bestimmt war ich nicht erst an Weihnachten allein, sondern schon heute. Ich hatte es nicht einmal bemerkt. Ohne Abschied war er abgehauen.

Ich ging wieder hinein und lehnte mich gegen eine Wand, betrachtete die Leute, die kamen und gingen, fröhlich, die meisten verliebt – wo kamen die bloß alle her?

Mein Handy vibrierte erneut.

Wieder eine Nachricht von Anna.

Ich las die Nachrichten. Sinnlos, das weiter hinauszuschieben.

Was ist denn mit Luis los? Er hat mir geschrieben, dass er über Weihnachten nicht nach Hause kommt. Weißt du irgendwas?

Die letzte Nachricht bestand nur aus Fragezeichen. Das war wohl dringend! Noch einmal las ich, was sie geschrieben hatte, konnte aber immer noch nicht verstehen, was es bedeutete.

Er hatte sich mit Sina vertragen, flog aber nicht sofort nach Hause?

Kurz erwog ich, dass er sich doch nicht versöhnt hatte. Aber er hatte so zärtlich geklungen, als er mit ihr gesprochen hatte. Sanft.

Eifersucht kroch in mir hoch. Was war er für ein Armleuchter, dass er *mich* in dem einen Moment küsste und im nächsten Moment mit seiner Ex-Ex herumsäuselte?

Wie konnte ich nur auf ihn hereinfallen?!

Vielleicht blieb er in New York, damit er erst noch seinen Spaß mit mir haben konnte. Sein Kuss hatte jedenfalls nicht so gewirkt, als hätte er das nicht dabei im Sinn gehabt. Ich war mir sicher, dass wir im Bett gelandet wären, wenn ich es zugelassen hätte.

Und danach hätte er sich gemütlich mit seiner Ex-Verlobten vertragen und behaupten können, sie nicht hintergangen zu haben, weil sie ja nicht mehr offiziell zusammen gewesen waren. Einmal Fremdgehen, während man sich fünf Minuten lang trennte, zählte wohl nicht. Genauso wenig wie meine Gefühle.

Er trampelte einfach darauf herum und hatte anscheinend kein bisschen Verständnis dafür, wie ich heute Morgen merken durfte.

Wenn er noch da war, würde ich ihm was erzählen!

Wütend stapfte ich zurück und klopfte wenig später an seine Tür.

- KAPITEL 27 -

Dieses Gefühl vor dem zweiten Kuss

»Was sollen diese Spielchen?«, rief ich, als sich die Tür öffnete.

Verdutzt schaute er mir entgegen. Die Augen türkis und funkelnd. Konnte er sie nicht zumachen, damit ich nicht sehen konnte, wie schön sie aussahen?

Er runzelte jetzt die Stirn, wirkte fast ein bisschen sauer. »Wie bist *du* denn drauf? Was ist denn los?«

»Das solltest du eigentlich ganz genau wissen.«

Ich hatte genug von diesen Augen. Schnell weg! Meine Augen wurden feucht. Oh, nein! Nicht vor ihm weinen!

Ich rannte in mein Zimmer und schloss schnell die Tür hinter mir.

Natürlich klopfte es sofort. Es war ja auch kindisch wegzurennen, aber mir fehlte jetzt echt die Kraft, mit ihm zu reden.

»Ella, mach auf! Ich will wissen, was los ist.«

Mit Schwung und immer noch feuchten Augen öffnete ich die Tür – und sagte nichts.

Er wirkte irritiert, traurig. So sah man doch nicht aus, wenn man einen teuflischen Plan fürs Fremdgehen hatte.

Er drängte sich an mir vorbei in mein Zimmer, obwohl ich ihn nicht hereingebeten hatte, und ließ sich auf das Bett fallen. Wie konnte er das wagen?

Ich verschränkte meine Arme vor der Brust und funkelte ihn an.

»Was habe ich falsch gemacht?«, fragte er und blickte mich an, als wüsste er das wirklich nicht.

Ich wollte ihm eine gepfefferte Antwort entgegenwerfen, aber irgendetwas in seinem Gesicht hielt mich davon ab. Er war verletzt. Seine Augen glitzerten. Das brachte mich aus dem Konzept. So gern ich glauben wollte, dass er meinetwegen traurig wäre, so wenig wahrscheinlich war es. Vielleicht wollte Sina ihm keine zweite Chance geben, und er kam jetzt auf mich, sein Trostpflaster, zurück.

Schnell ging ich im Kopf alles durch, was ich wusste. Er hatte mit Sina telefoniert, nachdem er mich geküsst hatte. Anna wusste von Sina, dass die sich versöhnen wollte.

Dann hatte wohl eher *sie* Luis angerufen, als umgekehrt. Ein möglicher Zufall.

Das Gespräch klang nach einer Versöhnung. Was genau hatte er gesagt? Keine Ahnung!

»Anna hat erzählt, du versöhnst dich wieder mit Sina«, platzte ich schließlich heraus.

Er fluchte. »Warum muss sie sich auch immer einmischen?«, schimpfte er.

»Stimmt es?«, fragte ich.

»Nein. Sina hat mich angerufen. Neulich, nachdem wir …«

»… uns geküsst haben?«

Er nickte. »Sie sagte, es täte ihr leid. Sie hätte einen Fehler gemacht.«

»Dann war *sie* es, die die Beziehung beendet hat?«

Er sah mich mit hartem Blick an und stand auf.

»Nein, das war ich. Sie meint die Affäre mit ihrem Chef.«

»Oh!« Mehr fiel mir dazu nicht ein. Das klang ja schrecklich.

»Warum bist du abgehauen?«, fragte er.

»Sind wir mit dem Thema Sina schon durch?« Ich hatte doch noch tausend Fragen dazu.

»Was mich angeht, ja. Willst du noch irgendetwas wissen?« Er kam auf mich zu.

Reflexartig ließ ich meine verschränkten Arme wieder sinken, weil er es nicht verdient hatte, mit dieser abweisenden Geste bedacht zu werden.

»Ich bin einfach nur durcheinander«, erklärte ich. »Deine Trennung ist noch nicht lange her.«

Luis nickte. »Ich verstehe. Du hast Angst, dass ich mich mit dir nur trösten will.« Wieder trat er einen Schritt auf mich zu. »Glaubst du, die beste Freundin meiner Schwester ist dafür geeignet?«

Ich zuckte mit den Schultern, mein Kopf war leer. Die richtige Antwort war *Nein*, oder?

»Ich habe dir doch erzählt, dass wir einige Probleme hatten, schon vorher. Die hätte man lösen können. Aber ich denke im Nachhinein, dass wir beide das nicht richtig gewollt haben.« Er stand nun direkt vor mir.

Wenn ich den Kopf hob, würde ich ihm direkt in die graublauen oder türkisfarbenen Augen sehen können. Mein Herz bummerte. War das die Melodie von Jingle Bells?

»Die letzten Tage waren etwas ganz Besonderes«, sagte er leise. »Du bist etwas Besonderes.« Er legte seinen Zeigefinger unter mein Kind und hob es. Da waren sie. Sie leuchteten mich an und wirkten nicht mehr traurig. »Wenn du noch nicht bereit bist für etwas Neues und das hier nicht willst, musst du das jetzt sagen. Ansonsten werde ich dich küssen. Ohne zu fragen.«

Mein Herz bummerte inzwischen den Takt von *We wish you a merry Christmas*. Ich würde ihm ja jetzt um den Hals fallen, aber abzuwarten, was passierte, war aufregender. Denn dieses Gefühl vor dem zweiten Kuss konnte auch etwas ganz Wundervolles sein.

Ich wusste nicht mehr, wer wen jetzt zuerst küsste, doch als seine Lippen auf meinen waren, schien das nicht wichtig. Ich schlang die Arme um ihn und drückte ihn so fest an mich, wie ich konnte. Er sollte gleich wissen, dass ich ihn diesmal nicht loslassen würde.

Er verstand das wohl sofort, denn im nächsten Moment lagen wir auf dem Bett.

Oh, wie ich dieses Gefühl kurz vor dem ersten Mal liebte!

- KAPITEL 28 -

Den Flocken entgegen

Heiligabend. War ich je an einem vierundzwanzigsten Dezember dermaßen glücklich aufgewacht?

Luis war schon wach und blickte mich direkt an. Sein Gesicht war so nah, dass ich den gelben Ring um seine Pupillen erkannte.

»Guten Morgen!«, flüsterte er und beugte sich vor, um meine Nasenspitze zu küssen. Dann meine Wange, meinen Hals …

»Hast du noch nicht genug?«, murmelte ich halb ins Kissen.

»Niemals!«, flüsterte er in mein Ohr, von wo sich ein heißes Kribbeln ausbreitete.

Mein Handy vibrierte einmal, dann noch einmal.

Ein Anruf? Da kam nur eine infrage.

»Das ist bestimmt Anna«, sagte ich. »Es muss mitten in der Nacht bei ihr sein.«

»Willst du nicht rangehen? Es scheint ja dringend zu sein.«

»Um ihr was zu sagen? Dass ich in New York ihrem Bruder verfallen bin?«

Luis grinste, und ich wurde tatsächlich rot. Über den Punkt sollte ich eigentlich hinaus sein.

Er zog mich in seine Arme.

»Ich bin dir mindestens genauso verfallen«, flüsterte er in mein Ohr.

»Da habe ich aber Glück.«

»Nein, kein Glück. Schicksal.«

Ich schnaubte.

»Wie würdest du das nennen?«, fragte er und küsste meine Stirn. »Es ist, als wären wir schon lange diesem einen Punkt entgegengestrebt.«

»Das klingt irgendwie unheimlich.«

Er lachte. »Stimmt. Aber ich fand dich schon immer toll. Eigentlich war es klar, dass ich so eine Reise mit dir nicht überstehe, ohne mich endgültig in dich zu verlieben.«

Verlieben? Hatte er das gerade wirklich gesagt? War es dafür nicht etwas zu früh? Andererseits hatten wir beide bereits zugegeben, zu unterschiedlichen Zeitpunkten schon einmal in den anderen verliebt gewesen zu sein.

»Ich habe irgendwie nicht damit gerechnet.«

Er hielt mich ein Stück von sich weg und sah mich stirnrunzelnd an.

»Dann verzehrst du dich nicht seit Beginn dieser Reise nach mir.«

Ich riss die Augen auf. Hatte er mir das angemerkt?

Er lachte. »Ich mache doch nur Spaß. Mir ist es egal, seit wann du diese Möglichkeit in Betracht gezogen hast. Hauptsache, du tust es jetzt!«

»Hast du gedacht, ich sei nicht interessiert?«

»Meine Schwester ist deine beste Freundin. Zuerst dachte ich, du hättest mich nur aus Mitleid mitgenommen. Anna zuliebe. Dann dachte ich, du wärst lieber mit deinem Ex hier. Und später war ich überzeugt davon, du würdest mich abweisen, weil du Angst hast, dass es Anna nicht gefallen könnte.«

Ich seufzte. »Sie hat sich ernsthafte Hoffnungen für dich und Sina gemacht.«

»Keine Angst! Ich bin ihr Bruder. Wenn ich glücklich bin, ist sie es auch. Sie wird dich mögen.«

Ich boxte gegen seine Brust für diese Bemerkung.

Natürlich würde Anna sich für uns freuen. Aber was, wenn es nicht hielt? War dann unsere Freundschaft auch vorbei?

»Du wirst immer ihre beste Freundin bleiben«, sagte er.

»Das ist so unheimlich«, erwiderte ich. »Du antwortest ständig auf das, was ich denke. Als würdest du … es hören.«

»Dann denk ja nicht an jemand anderen.« Er drückte mich fest an sich, sodass mir wieder ganz heiß wurde.

»Was machen wir heute?«, fragte ich.

Es war nichts geplant außer einem Abendessen. Vermutlich wollte Luis einen gemütlichen Tag verbringen. So mochte er das. Aber *ich* wollte noch etwas unternehmen. Den Tag gestern hatten wir bereits verschwendet.

Na ja, nicht verschwendet. Aber dafür mussten wir nicht in New York sein.

»Heute ist Heiligabend«, sagte ich. »Irgendetwas Besonderes müssen wir doch machen.«

»Was mich angeht, bin ich schon dabei.« Er strich mit dem Finger über mein Ohr. Etwas, was mich letzte Nacht beinahe in den Wahnsinn getrieben hatte, in Kombination mit etwas anderem. Jetzt hatte er mich also schon so konditioniert, dass diese kleine Berührung ausreichte, um mich daran zu erinnern.

Ich seufzte und schmiegte mich an ihn.

»Lass uns dann später ein bisschen durch die Stadt spazieren. Ich will Heiligabend in New York nicht nur im Bett verbringen.«

»Hat das so schnell seinen Reiz verloren?«

»Im Gegenteil. Aber dich habe ich etwas länger als New York. Hoffentlich!«

»Etwas länger?« Er zog mich näher zu sich, und ich roch an seinem Hals und begann, ihn zu küssen.

Das genügte, um ihn vom Thema abzubringen.

***

Später unternahmen wir noch den Spaziergang. Hand in Hand schlenderten wir durch die Stadt. Als Liebespaar. Konnte es ein schöneres Weihnachtsgeschenk geben?

Wir aßen in einem kleinen Restaurant Pizza – er versprach mir für den Abend ein Weihnachtsessen – und erkundeten einige der Ecken, die wir bisher übersehen hatten.

Den Nachmittag verbrachten wir im Bett und schauten später einen Weihnachtsfilm.

Es war bald Zeit zum Abendessen. Anna hatte noch dreimal versucht anzurufen. Wenigstens *Frohe Weihnachten!*, sollte ich ihr wünschen. Aber ich drückte mich noch.

Ganz plötzlich stand Luis auf, und sofort fehlte mir seine Wärme.

»Was machst du?«, fragte ich.

Er zog sich offensichtlich an.

»Du wolltest doch etwas Besonderes unternehmen. Dann mach dich bereit.«

»Wohin gehen wir?«

»Wir fahren Boot.«

»Aber das wäre gestern gewesen.«

»Ich habe das storniert. Doch es war zu schade darum. Du wolltest unbedingt eine Bootsfahrt machen und die Freiheitsstatue vom Wasser aus sehen. Ich habe mich bei verschiedenen Anbietern auf die Warteliste setzen lassen. Für heute Abend oder morgen.

Es hat geklappt für heute Abend. Es wird die große Weihnachtsboottour.«

***

Arm in Arm saßen wir nebeneinander auf dem Außendeck und ließen die Skyline von New York an uns vorbeiziehen. Wir hatten fürstlich gegessen, Champagner getrunken und ein paar Weihnachtslieder mitgesungen, die ein DJ ohne Unterlass auflegte.

Jetzt hörten wir sie im Hintergrund dudeln, und es passte so wunderbar zu den Weihnachtslichtern der Stadt, die zu uns herüberstrahlten.

Aber ich konnte wetten, dass ich am meisten strahlte.

Mein Handy vibrierte wieder.

Ich zog es heraus.

»Anna?«, fragte Luis.

Ich nickte und starrte auf mein Telefon, bis es still wurde.

»Willst du ihr niemals von uns erzählen?«

Ich wiegte den Kopf hin und her. »Ich wette, bis zum Valentinstag könnte ich es hinauszögern.«

Luis lachte.

»Weißt du was?« Er zückte sein Handy, legte seinen Arm um mich, küsste meine Wange und schoss dabei ein Selfie.

Ich schaute über seine Schulter, während er tippte: *Merry Christmas!*

Darunter lauter Herzchen.

»Du schickst das jetzt nicht an Anna!«, rief ich.

»Doch. Dann hast du es hinter dir.« Er steckte sein Handy weg und grinste mich an. »Jetzt musst du sie nicht mehr wegdrücken, wenn sie anruft.«

Ich wollte etwas erwidern, aber die Freiheitsstatue kam in Sicht. Wir würden ganz nah daran vorüberfahren.

»Irgendwann möchte ich noch einmal hierher und alles andere anschauen, was wir diesmal nicht geschafft haben«, sagte ich.

»Dafür wird ein einziges Mal kaum ausreichen. Doch wir könnten eine Weihnachtstradition daraus machen.«

»Jedes Weihnachten in New York? Nein, ich brauche hin und wieder ein ruhiges Weihnachten.«

»Dann nur jedes zweite Jahr.«

»Ja, mindestens. Jedes dritte ein ruhiges.«

Mein Handy summte. Eine Nachricht. Dann wieder und noch einmal.

Ich schaute drauf. Es war Anna. Sie flippte förmlich aus, sendete Küsschen und Herzchen. Wie hatte ich nur glauben können, dass es sie stören würde, wenn ich mit Luis zusammen war?

»Was hältst du von Silvester in New York?«, fragte er.

»Dieses Jahr wohl eher nicht.«

»Warum nicht? Wir könnten ein paar Tage ranhängen.«

Überrascht sah ich ihn an. Daran hatte ich gar nicht gedacht. Warum nicht? Ich hatte hier alles, was ich für einen guten Start ins neue Jahr brauchte.

In diesem Moment bemerkte ich eine Schneeflocke, die langsam von oben herabtrudelte. Weitere folgten.

Ich schloss die Augen, hob mein Gesicht den Flocken entgegen und genoss das Gefühl, das sie verursachten, als sie auf meiner Haut schmolzen. Dann streckte ich die Zunge hinaus und fing einige damit auf.

Ich hörte ein Schnauben neben mir.

»Irgendwelche Anmerkungen?«, fragte ich, ohne die Augen zu öffnen.

»Nein, sieht irgendwie süß aus.«

Ich spürte, wie er beide Arme um mich legte, seinen heißen Atem an meinem Hals. Sofort schlug mein Herz wieder schneller. Aber ich fing weiter Schneeflocken mit dem Gesicht, und es fühlte sich wieder so an, wie es sollte.

Ende

Newsletter

Lust auf romantische Kurzgeschichten?

Dann zu meinem Newsletter anmelden und jeden Monat eine neue Geschichte erhalten.

www.marit-bernson.de/newsletter

Bei der Anmeldung erhältst du den Liebesroman »Checkliste für die Liebe«, den es exklusiv für meine Newsletter-Abonnentinnen gibt und der nicht käuflich erworben werden kann.

Jetzt E-Book sichern!

Über die Autorin

Marit Bernson wurde in Mecklenburg geboren. Nach dem Abitur studierte sie in Kassel und Berlin. Danach zog sie nach Oberfranken, wo sie immer noch mit ihrem Mann und zwei Kindern lebt. Sie schreibt Kinderbücher, Liebesromane und humorvolle Geschichten.

Mehr über Marit Bernson auf www.marit-bernson.de

Willst du auf dem Laufenden bleiben und exklusive Bonuskapitel und jeden Monat eine neue romantische Kurzgeschichte von mir lesen? Dann abonniere meinen Newsletter.

www.marit-bernson.de/newsletter

Weitere Geschichten

Weitere Liebesromane von Marit Bernson:

Die Mütter-WG
Die Beziehungsvereinbarung
Flitterwochen für Hochstapler
Skiurlaub für Möchtegernbräute
Der Hinterlistigen Zähmung
Liebe und andere Köstlichkeiten
Ein Kurschatten zu viel
Eine Schlittenfahrt zum Verlieben
Ein Punsch zu viel
Skihase wider Willen
Briefe vom Christkind
Weihnachtsfrauen küssen besser
Der geheimnisvolle Mister White: Snowflakes at Christmas
Die Mistkerlfalle
Das Softie-Komplott
Übergangsmänner küsst man nicht
Verliebt in einen Weihnachtsmuffel
Die ehrgeizige Miss Watson: Snowflakes at Christmas
Männerpause für Anfänger
Saure Küsse in Florenz
Ein Strandkorb macht noch keine Liebe
Der ungehorsame Mister Snow: Snowflakes at Christmas

Weitere Geschichten

Eine Spionin zu Weihnachten
Ein Strandkorb macht noch keine Weihnachtswunder
Guten Feinden bäckt man ein Törtchen
Beste Feinde daten nicht
Liebe auf den zweiten Meerblick
Weihnachtschaos zum Verlieben
Die schüchterne Miss Potter: Snowflakes at Christmas
Meerblick zu Weihnachten
Kein Chef zum Küssen

Kurzgeschichten
Romantische Auszeiten 1 bis 3

Kinderbücher von Marit Bernson:
Amy – Das phantastische Geheimnis meiner Schwester
Als der Weihnachtsmann seinen Bauch verlor
Fritzi Flitzeflink – Vorlesegeschichten
Fritzi Flitzeflink – Als der Weihnachtsmann eine Elfe verlor
Licornia – Die Rückkehr der Einhörner

Kurzroman:
Mordpol – Die Weihnachtsmann-Intrige

Printed in Poland
by Amazon Fulfillment
Poland Sp. z o.o., Wrocław

29603443R00111